Die Tänzerin im Mondlicht

Geschichten für mehr Geduld, Hingabe und Zufriedenheit im Leben

Nestor T. Kolee

Die Tänzerin im Mondlicht
Geschichten für mehr Geduld, Hingabe
und Zufriedenheit im Leben

Nestor T. Kolee

1. Auflage 2023

Cover: Giovanni Misagrande
Druck: Amazon Media EU S.à r.l., 5
Rue Plaetis, L-2338, Luxembourg

Französische Str. 24, 10117 Berlin

ISBN: 9798398699234

www.nestorkolee.com

Die Tänzerin im Mondlicht

Geschichten für mehr Geduld, Hingabe und Zufriedenheit im Leben

Nestor T. Kolee

Vorwort

Liebe Leserinnen und Leser,

sehnen Sie sich nach einer Auszeit vom Alltag, um sich dem Zauber von Geschichten hinzugeben, die Ihr Herz berühren? Die farbenfrohe Jahreszeit des Spätsommers und Herbstes, in der die Tage kürzer und die Nächte länger werden, bietet die perfekte Gelegenheit, innezuhalten und die Seele baumeln zu lassen.

„Die Tänzerin im Mondlicht: Geschichten für mehr Geduld, Hingabe und Zufriedenheit im Leben“ ist nicht nur ein Buch, sondern eine Oase der Ruhe und Inspiration. Dieses Buch lädt Sie zu einer besonderen Reise ein, die Sie nicht nur an magische Orte führt, sondern auch tief in Ihr eigenes Herz.

Jede Geschichte ist sorgfältig ausgesucht und enthält verborgene Perlen der Weisheit, die nur darauf warten, enthüllt zu werden. Sie werden durch mystische Berge, geheimnisvolle Gärten und tanzende Mondscheine geführt und begegnen mutigen Charakteren, die sich ihren Ängsten stellen, wahre Hingabe entdecken und innere Zufriedenheit finden.

Ich lade Sie herzlich ein, sich eine kleine Auszeit zu nehmen und sich auf diese zauberhafte Reise einzulassen. Lassen Sie sich von den Seiten dieses Buches berühren, entdecken Sie die Weisheit in jeder Geschichte und erfahren Sie, wie Geduld, Hingabe und Zufriedenheit neue Türen öffnen können. Ich verspreche Ihnen, dass Sie am Ende dieser Reise nicht nur mit einem wärmeren Herzen, sondern auch mit einer reicheren Seele und einer neuen Sicht auf das Leben belohnt werden.

Nehmen Sie sich Zeit. Tauchen Sie ein, lassen Sie sich verzaubern und entdecken Sie die Geheimnisse, die in „Die Tänzerin im Mondlicht“ auf Sie warten.

Viel Freude beim Lesen,

Ihr

Nestor T. Kolee

Inhaltsverzeichnis

1. Der Garten der Seelen 1

Ein junger Mann sucht nach Weisheit in einem geheimnisvollen Garten. Nur durch Geduld und Hingabe lernt er, im Einklang mit der Natur zu leben und wird schließlich selbst zum Hüter des Gartens und Träger seiner Weisheiten.

Erkenntnis: Wahre Weisheit entsteht durch ein offenes Herz, das bereit ist, im Einklang mit dem Universum zu leben.

2. Die Tränen des Drachen........................ 8

Die Tränen eines Drachen verwandeln sich in kostbare Edelsteine, die aber nur dann ihren Wert behalten, wenn sie aus selbstloser Güte verschenkt werden.

Erkenntnis: Selbstlosigkeit und Großzügigkeit sind die wahren Schätze des Lebens.

3. Der Berg der Vergebung 17

Ein Berg, der nur bestiegen werden kann, wenn man bereit ist, sich selbst und anderen zu vergeben, lehrt die Menschen, die Kraft der Vergebung und Versöhnung zu erkennen.

Erkenntnis: Vergebung ist ein wesentlicher Schritt, um inneren Frieden und Heilung zu finden.

4. Der Brunnen der Möglichkeiten........... 28

Ein Brunnen, dessen Wasser die Erinnerungen der Menschen widerspiegelt, ermöglicht es ihnen, das Leben aus einer neuen Perspektive zu sehen und persönlich zu wachsen.

Erkenntnis: Wenn wir mit dem Herzen sehen, können wir aus unseren Erfahrungen lernen und uns weiterentwickeln.

5. Das Tal der Schatten 40

Ein Tal, in dem Menschen ihre Ängste und Unsicherheiten überwinden müssen, lehrt sie, sich ihren Herausforderungen zu stellen und stärker daraus hervorzugehen.

Erkenntnis: Sich seinen Ängsten zu stellen ist der erste Schritt, um sie zu überwinden.

6. Der Flüsterer der Wünsche 49

Ein geheimnisvoller Mann, der die Wünsche der Menschen hören kann, hilft ihnen, ihre wahren Sehnsüchte und Prioritäten zu erkennen.

Erkenntnis: Die Erfüllung unserer wahren Wünsche liegt in unserer eigenen Verantwortung und unseren Entscheidungen.

7. Die Tänzerin im Mondlicht.................. 57

Eine professionelle Tänzerin verliert nach einem Unfall ihre Fähigkeit zu tanzen. Während eines Aufenthaltes am Meer findet sie durch die Schönheit der Natur und die Freiheit des Tanzens im Mondlicht einen neuen Weg, ihr Leben zu lieben.

Erkenntnis: Unsere Leidenschaften können sich ändern und weiterentwickeln, aber sie verlassen uns nie wirklich.

8. Die Höhle des Erwachens 65

Ein Mann findet in einer mystischen Höhle Erleuchtung durch antike Schriften und widmet sein Leben dem Teilen von Weisheit, um für zukünftige Generationen ein ewiger Quell der Erkenntnis zu sein.

Erkenntnis: In der Verbundenheit und im Teilen unserer Geschichten und Erfahrungen finden wir die wahre Bedeutung der Menschlichkeit.

9. Die unsichtbaren Fäden 70

Ein alter Mann enthüllt seinem Großneffen durch die Geschichten mehrerer Bewohner eines Stadtviertels, wie unsere Handlungen auf subtile Weise miteinander verknüpft sind.

Erkenntnis: Wir sind alle miteinander verbunden und unsere Taten beeinflussen das Leben der anderen.

10. Das Lied des Lebens 79

Eine taube Frau lernt, Musik durch Vibrationen zu fühlen und entdeckt eine neue Welt der Klänge.

Erkenntnis: Es gibt immer einen Weg, die Dinge im Leben zu erreichen, die uns wirklich am Herzen liegen, egal welche Hindernisse uns begegnen.

11. Der Klang der Stille 85

Ein Mann, der von der Hektik seines Alltags überwältigt wird, findet mit Hilfe eines Freundes die Kraft der Stille und lernt, in ihrem Klang inneren Frieden zu finden.

Erkenntnis: Stille kann als heilende Kraft wirken und uns helfen, unseren Geist und unser Herz zur Ruhe kommen zu lassen.

12. Der See der Unendlichkeit 92

Ein junger Mann findet einen geheimnisvollen See, der ihn über die Grenzen der Zeit führt. Durch diese Erfahrung erkennt er, dass wahre Unendlichkeit in der menschlichen Seele liegt, und inspiriert sein Dorf, die Tiefe des Lebens zu erkunden.

Erkenntnis: Unser Leben ist wie ein See der Unendlichkeit, mit endlosen Wegen, die wir beschreiten können. Es ist unsere Liebe und Hingabe, die diese Wege mit Schönheit und Bedeutung füllen.

Nachwort 99

Leseprobe 103

Über das Buch 117

Über den Autor 119

1

Der Garten der Seelen

Es war einmal ein malerisches Dorf am Fuße des mystischen Zephyr-Gebirges. In diesem Dorf lebte ein alter und weiser Gärtner namens Kael. Kael hütete einen geheimnisvollen Garten, der als Garten der Seelen bekannt war. Es hieß, dieser Garten sei Jahrhunderte alt und seine Geheimnisse würden von Generation zu Generation weitergegeben.

Mitten im Garten flüsterten die Bäume und die Blumen schienen in einer Sprache zu singen, die nur das Herz verstand. Es war, als ob die Luft selbst vor Zauber und Erwartung vibrierte. Viele kamen in der Hoffnung, einen Blick auf diesen wunderbaren Ort zu erhaschen, aber nur wenige verstanden, was es bedeutete, dem Garten wirklich nahe zu sein.

Exotische Pflanzen, blühende Bäume und geheimnisvolle Gewächse, die aus einer anderen Welt zu stammen schienen, füllten den Garten. Die Legende besagt, dass der Garten der Seelen das Wissen des Universums in sich birgt und dass diejenigen, die wahre Geduld und Hingabe zeigen, von ihm mit unermesslicher Weisheit beschenkt werden.

Eines Tages kam ein ungestümer und ungeduldiger junger Mann namens Aris in das Dorf. Aris war ein Wanderer, der sein Leben lang nach Erkenntnis gesucht hatte, aber ohne Ruhe und Beständigkeit. Als er vom Garten der Seelen hörte, fühlte er sich unwiderstehlich von ihm angezogen.

Voller Erwartung betrat Aris den Garten und versuchte verzweifelt, seine Geheimnisse zu entschlüsseln. Er sprach mit den Bäumen und roch an den Blumen, aber nichts geschah. Als die Sonne unterging und er immer noch keine Weisheit erlangt hatte, fühlte er sich betrogen und ging zu Kael.

„Warum verrät mir der Garten seine Geheimnisse nicht?“, fragte Aris mit einem Anflug von Verzweiflung in der Stimme. Kael sah ihn mit sanften Augen an und antwortete: „Der Garten spricht zu denen, die bereit sind, in der Stille zuzuhören. Du brauchst Geduld und Hingabe.“

Aris spürte die Wahrheit in Kaels Worten und bat ihn demütig um Unterweisung. Kael führte ihn zu einem kleinen, unscheinbaren Setzling in der Mitte des Gartens und bat Aris, sich um ihn zu kümmern.

Die Tage wurden zu Wochen und die Wochen zu Monaten. Aris goss den Setzling, zupfte das Unkraut und sprach liebevoll mit ihm. Aber der Setzling schien nicht zu wachsen, und Aris‘ Herz wurde unruhig. Eines schönen Morgens, als der Tau noch frisch auf den Blättern lag, ging

Aris zu Kael und sagte: „Ich habe alles getan, was ich konnte, aber der Setzling wächst nicht. Wie kann ich die Weisheit finden, die ich suche?“

Kael nahm Aris bei der Hand und führte ihn durch den Garten. „Hast du bemerkt, wie die Blumen im ersten Sonnenlicht aufblühen?“, fragte er. „Hast du das Summen der Bienen und das Flüstern des Windes in den Bäumen gehört? Das ist die Sprache des Gartens.“ Da merkte Aris plötzlich, dass er so sehr auf den Setzling fixiert war, dass er die Schönheit um sich herum völlig vergessen hatte. Er beschloss, sein Herz für die Stimmen des Gartens zu öffnen und seine Hingabe zu vertiefen.

Weitere Monate vergingen und Aris begann, in Harmonie mit dem Garten zu leben. Als er eines Tages unter einem Baum saß, spürte er eine tiefe Verbundenheit mit der Erde und dem Himmel. Vor seinen Augen schien der Garten zu erwachen. Die Blätter flüsterten alte Geschichten, die

Blumen tanzten im Wind und Aris spürte, wie die Energie des Gartens durch ihn floss.

Da bemerkte Aris, dass aus dem Setzling, den er so liebevoll gepflegt hatte, ein kleiner Baum geworden war. Er begann wunderschön zu blühen und seine Blüten bildeten ein schimmerndes Muster in der Luft. Diese Muster formten Worte und Weisheiten, die Aris in seinem Herzen lesen konnte. Tränen der Freude und der Erleuchtung flossen über Aris' Gesicht, als er die Weisheit des Universums in sich aufnahm. Er hatte endlich verstanden, dass wahre Erkenntnis und Weisheit durch Geduld, Hingabe und ein offenes Herz entstehen.

Mit neuer Dankbarkeit eilte Aris zu Kael und erzählte ihm von seiner Erfahrung. Kael, dessen Augen wie Sterne leuchteten, nickte und sagte: „Der Garten der Seelen ist ein Spiegel unserer eigenen Seele. Wenn wir mit Geduld und Hingabe an uns arbeiten, offenbart sich uns die Weisheit des Universums."

Aris verstand nun die Tiefe dessen, was er gelernt hatte. Er beschloss, sein Leben dem Garten und seinem Wissen zu widmen. Er lernte, Pflanzen zu hegen und zu pflegen, den Kreislauf des Lebens zu verstehen und den Wert von Zeit und Beständigkeit zu schätzen. Menschen aus fernen Ländern kamen, um die Weisheit des Gartens der Seelen zu suchen. Aris, der inzwischen ein weiser Hüter des Gartens war, wurde zu ihrem Lehrer.

Viele Jahre vergingen, und der Garten der Seelen wuchs in Pracht und Weisheit. Eines Tages saß Aris, alt und zufrieden, unter dem Baum, der sein Leben verändert hatte. Er betrachtete die blühenden Blüten und fühlte tiefe Dankbarkeit. Da erschien eine schimmernde Gestalt - es war Kael, der vor so vielen Jahren seine Reise ermöglicht hatte. „Du hast viel gelernt, Aris“, sagte er mit einer Stimme, die wie ein sanftes Lied klang. „Jetzt wirst du der Hüter der Seelen und der Wächter des Gartens sein.“

Überrascht spürte Aris, wie sein Herz mit dem Garten verschmolz und er eins wurde mit der Weisheit, die er einst so sehr gesucht hatte. Der Garten der Seelen blühte auf und seine Legende wurde zu einer ewigen Flamme der Erkenntnis, die von Generation zu Generation weitergegeben wurde.

2

Die Tränen des Drachen

In einer kleinen Stadt lebte ein bescheidener Juwelier namens Tomas, der für seine Weisheit und Güte bekannt war. Eines Tages kam ein junger Mann namens Mateo in sein Geschäft. Er suchte ein kleines Schmuckstück für seine Großmutter. Als er durch die Auslagen ging, um etwas Passendes zu finden, fiel ihm eine seltsame Vitrine in der hinteren Ecke des Ladens auf. Es schien, als könne man nicht hineinsehen.

„Suchen Sie etwas Bestimmtes?“, fragte ihn plötzlich der Juwelier, der Mateo die ganze Zeit schweigend von seinem Tresen aus beobachtet hatte. „Ich suche eine

Kleinigkeit, um meiner Großmutter eine Freude zu machen", antwortete Mateo, der sich immer noch wie magisch von der Vitrine angezogen fühlte. Dieses Interesse war auch Tomas nicht entgangen. „Wollen Sie wissen, was sich darin befindet?", fragte er, und ohne eine Antwort abzuwarten, sagte er: „Kommen Sie, ich zeige es Ihnen."

Er führte Mateo zu der Vitrine, deren Glas tatsächlich nicht zu durchschauen war, und zog ein Samtkissen heraus, auf dem drei Edelsteine lagen. Mateos Augen wurden groß. Er war sofort von der Schönheit dieser Juwelen gefangen. „Die müssen unermesslich wertvoll sein", sagte Mateo und konnte den Blick kaum abwenden. „Das stimmt", sagte der Juwelier und sah Mateo aufmerksam an. „Eine alte Legende besagt, dass einst ein kleines Mädchen mit ihrem Gesang einen furchterregenden Drachen zum Weinen brachte und seine Tränen sich in diese Edelsteine verwandelten." Mateo sah den Juwelier etwas befremdet an. Für solche Märchen war er zu alt. „Auf jeden

Fall sind sie einzigartig“, fuhr der Juwelier fort, und nach einer kurzen Pause sagte er plötzlich: „Glauben Sie, sie würden Ihrer Großmutter gefallen?“

Mateo erschrak ein wenig, denn er konnte sich solche Steine überhaupt nicht leisten. Doch bevor er etwas sagen konnte, kam ihm der Juwelier zuvor: „In diesen Steinen spiegelt sich die Güte der Menschen wider. Deshalb kann man sie nur verschenken, um Gutes zu tun. Wenn sie so viel Freude an ihnen haben, will ich sie ihnen geben, ohne etwas dafür zu verlangen. Aber Sie müssen mir versprechen, sie ebenfalls nur als Geschenk weiterzugeben.“ Mateo glaubte, nicht richtig zu hören, aber er begriff, dass der Juwelier es ernst meinte.

Mateo willigte ein, verließ den Laden mit den Steinen und machte sich voller Freude auf den Weg zu seiner Großmutter. Doch schon auf dem Weg dorthin musste er daran denken, wie reich er werden würde, wenn er die Steine für sich behielte, denn ursprünglich hatte er seiner Großmutter nur eine Kleinigkeit schenken wollen. Wenn er ihr jetzt auch nur einen Stein mitbrächte und die beiden anderen für sich selbst behalten würde, würde er ihr immer noch eine große Freude bereiten. Er hatte noch nicht einmal die Hälfte des Weges zurückgelegt, da war er überzeugt, dass es sogar ausreichen würde, ihr von dem vielen Geld, das er für alle drei Steine bekommen würde, nur ein kleines Schmuckstück zu kaufen, wie er es ursprünglich vorhatte. Sein Versprechen an den Juwelier hatte er längst vergessen.

Er zögerte noch ein wenig, aber als er an einer großen Villa vorbeikam, die zum Verkauf stand, war seine Entscheidung gefallen. In so einem Haus wollte er schon immer wohnen. Er sagte sich, dass dies eine einmalige Gelegenheit sei und klingelte an der Tür. Der Besitzer, der das Anliegen des jungen Mannes zunächst nicht ernst nahm, bat ihn schließlich herein, als Mateo ihm einen der Edelsteine zeigte.

Sie wurden sich schnell einig. Für die Villa sollte Mateo mit einem seiner Steine bezahlen. Doch als einige Tage später alle Papiere unterschrieben waren und Mateo dem Besitzer seinen ersten Edelstein überreichen wollte, zerfloss dieser noch in seiner Hand zu salzigem Wasser. „Du schuldest mir den Wert dieses Edelsteins", fuhr ihn der Besitzer hart an. „Ich lasse dich ins Gefängnis werfen, wenn du mir den Preis für meine Villa nicht zahlst." „Ich habe noch einen anderen Stein", versuchte Mateo den aufgebrachten Mann zu beruhigen, aber bevor er ihn hervorholen konnte, hielt ihn der Besitzer zurück und bestand nun darauf, mit Geld bezahlt zu werden. Er traute Mateo und seinen seltsamen Steinen nicht mehr. „Wenn Ihr noch mehr Schmuck habt, geht damit zur Bank. Ich nehme von Euch nur noch Geld für den Verkauf."

Mateo beeilte sich, zu seiner Bank zu kommen, denn der Besitzer hatte zwar seine Gefängnisdrohung zurückgenommen, verlangte aber das Geld bis zum nächsten Tag, sonst würde er die Villa an einen anderen Interessenten verkaufen.

Mateo kannte einen der Bankiers in der Stadt ziemlich gut. Als dieser Mateos zweiten Stein sah, ließ er ihn kurz vor Bankschluss herein, um ihm noch schnell einen Kredit für den Kauf der Villa zu geben. „Aber ich brauche deinen Stein als Sicherheit“, sagte der Bankier begierig und konnte seinen Blick kaum von dem funkelnden Kristall abwenden. In seiner Verzweiflung willigte Mateo ein, denn er wollte den Kauf der Villa unbedingt abschließen. Doch als er dem Bankier den zweiten Stein überreichen wollte, schmolz auch dieser in seiner Hand zu salzigem Wasser.

Verärgert darüber, seine Zeit mit Mateo verschwendet zu haben, warf der Bankier ihn hinaus. So stand Mateo vor der Bank und wusste nicht, was er tun sollte. Kurz überlegt er, es gut sein zu lassen und den letzten Stein seiner Großmutter zu bringen. Dann erinnerte er sich auch an das Versprechen, das er dem Juwelier gegeben hatte und was dieser ihm gesagt hatte. Die Steine durften nur verschenkt werden. Doch als Mateo den letzten Stein aus der Tasche nahm und ihn betrachtete, konnte er nur daran denken, wie viel Geld er noch für ihn bekommen könnte. Er überlegte, wen er in seinem Freundeskreis kannte, der genug Geld hatte, um einen hohen Preis für ein solches Schmuckstück zu bezahlen, und schließlich kam ihm ein alter Schulfreund in den Sinn. Von ihm hatte er gehört, dass er es zu einem kleinen Vermögen gebracht hatte, und in der Hoffnung, am nächsten Tag vielleicht doch die Villa erwerben zu können, suchte er ihn noch am selben Abend auf.

Ein kleines Mädchen öffnete ihm, als er klingelte. Es wirkte etwas blass und schwach auf den Beinen. „Mathilda, du sollst doch im Bett bleiben“, hörte er seinen Schulfreund, der hinter ihr in der Tür stand. Erstaunt bat er Mateo herein, denn er glaubte an einen

Notfall, als dieser unangekündigt zu so später Stunde zum ersten Mal seit Jahren wieder bei ihm auftauchte.

Mateo erzählte ihm von den Edelsteinen und der Villa, aber der Freund sah ihn nur traurig an. „Von meinem Vermögen ist leider nichts mehr übrig. Ich brauche selbst dringend Geld, denn meine Tochter ist schwer krank, und nachdem ich mein ganzes Vermögen für ihre Medizin und Pflege ausgegeben habe, kann ich nicht einmal mehr eine dringende Operation bezahlen". Enttäuscht und ohne die wahre Tragödie in der Geschichte seines Freundes zu begreifen, wandte sich Mateo zum Gehen. Er überlegte fieberhaft, wie er jetzt noch genug Geld auftreiben könnte, als das kleine Mädchen wieder in der Tür stand, um sich zu verabschieden.

„Hier, das habe ich für dich gemalt", sagte es und drückte ihm ein Bild in die Hand. Darauf war Mateo als kleines Strichmännchen zu sehen, unter dem sein Name stand. Daneben stand eine große Villa, ebenfalls mit schönen bunten Strichen gemalt. „Du hast vorhin so traurig geklungen, als du Papa davon erzählt hast, also habe ich dir eine gemalt“, sagte das Mädchen etwas schwach und lächelte.

Mateo schaute das kleine Mädchen an. Tränen liefen ihm über die Wangen. Bei ihrem Anblick wurde ihm bewusst, wie selbstsüchtig er gewesen war. Die Hand in der Tasche umklammerte noch immer seinen letzten Stein und voller Scham, dass er nur an seinen Traum von einem großen Haus gedacht und alles andere darüber vergessen hatte, fasste er einen Entschluss. „Ich habe auch ein Geschenk für dich“, sagte Mateo liebevoll und holte den Stein hervor. „Eigentlich sollte er meiner Großmutter gehören, aber ich bin mir sicher, dass es in ihrem Sinne ist, wenn ich ihn dir schenke.“

Mit diesen Worten gab er dem kleinen Mädchen seinen letzten Stein, und als er sah, dass er nicht schmolz, war das einzige salzige Wasser seine Tränen, die ihm über die Wangen liefen.

3

Der Berg der Vergebung

In einem abgelegenen Dorf, umgeben von hohen Bergen, lebte ein Mann namens Gabriel. Gabriel war im Dorf als ruhiger und zurückhaltender Mensch bekannt. Kaum jemand kannte ihn wirklich gut und wenn man ihm begegnete, schien er eine schwere Last zu tragen. Sobald man Gabriel darauf ansprach, wich er aus und schwieg über das, was ihn sein Leben lang bedrückte. So wusste niemand im Dorf von seiner traurigen Vergangenheit.

Gabriel hatte einen Vater, der immer hart arbeitete, um seiner Familie ein gutes Leben zu ermöglichen. Aber die Arbeit forderte ihren Tribut, und Gabriels Vater war oft abwesend und hatte nur wenig Zeit für seinen Sohn. In seiner Jugend fühlte sich Gabriel vernachlässigt und unverstanden, und die Entfremdung zwischen ihm und seinem Vater wuchs. Eines Tages, als Gabriel schon erwachsen war, konnte er seine aufgestaute Wut und Enttäuschung nicht mehr zurückhalten. „Warum warst du nie für mich da?", konfrontierte er seinen Vater mit seinen Gefühlen. „Ich habe die ganze Arbeit nur auf mich genommen, damit es der Familie gut geht. Damit du ein gutes Leben führen konntest und nichts entbehren musstest, so wie ich in meiner Kindheit", verteidigte sich sein Vater. Doch Gabriel hatte kein Verständnis.

Der Streit eskalierte und die beiden entfremdete sich noch mehr. Gabriels Vater war verletzt, und auch Gabriel fühlte sich allein gelassen und unverstanden. Die Zeit verging und die Kluft zwischen den beiden schien unüberwindbar. Schließlich brach Gabriel den Kontakt ganz ab. Traurig und unglücklich verbrachte er nun sein Leben und es verging kein Tag, an dem Gabriel nicht an seinen Vater dachte. Aber er sah keinen Weg zur Vergebung und fürchtete, dass er sich nur wieder zerstreiten würde, wenn er den Kontakt wieder aufnähme.

Weitere Jahre vergingen, bis eines Tages seine Tante vor der Tür stand. Sie war die jüngere Schwester seines Vaters und auch zu ihr hatte Gabriel kaum Kontakt gehabt, weil sie ihn nur an seinen Vater erinnerte. „Was führt dich zu mir?“, fragte Gabriel und merkte, wie er trotz des Grolls gegen seinen Vater die Angst spürte, dass ihm etwas zugestoßen sein könnte. „Vielleicht solltest du noch einmal zu deinem Vater gehen“, begann die Tante, doch bevor sie weitersprechen konnte, wies Gabriel sie brüsk zurück. „Wenn er dich geschickt hat, dann sag ihm, dass er selbst kommen soll, wenn ihm etwas an mir liegt“, sagte er laut und schloss die Tür.

Er ließ seine Tante ohne ein weiteres Wort vor dem Haus stehen. Der Tag verging, und in dieser Nacht schlief Gabriel besonders schlecht. Im Halbschlaf glaubte er, seinen in Tränen aufgelösten Vater am Bett zu sehen, aber als er aufwachte, war niemand in seinem Zimmer.

Am nächsten Tag fand er einen Brief der Tante in seinem Briefkasten, den sie vor ihrer Abreise eingeworfen haben musste. *Dein Vater hat nicht mehr viel Zeit. Wenn du in Frieden Abschied nehmen willst, solltest du dich beeilen und zu ihm kommen*, stand darin. Verängstigt machte sich Gariel noch am selben Tag auf den Weg zu seinem Vater. Doch es war zu spät. Er war noch in der Nacht gestorben.

Gabriel war am Boden zerstört und voller Schuldgefühle. Er hatte seinem Vater nie verziehen, und nun war die Möglichkeit einer Versöhnung für immer verloren. Er redete sich ein, er sei schuld am Tod seines Vaters, denn seine Tante habe seinem kranken Vater nur sagen können, dass sein Sohn ihn auch im Angesicht des nahenden Todes nicht sehen wolle. Das muss ihm das Herz gebrochen haben, dachte Gabriel immer wieder und konnte das Bild seines weinenden Vaters aus jener Nacht nicht vergessen. Diese Geschichte lastete schwer auf ihm und von da an sehnte er sich fast jeden Tag nur noch nach innerem Frieden.

Eines Tages hörte Gabriel von einem Berg in der Nähe des Dorfes, der als „Berg der Vergebung“ bekannt war. Es hieß, dass jeder, der es schaffe, den Gipfel zu erklimmen und von dort aus die Welt zu betrachten, inneren Frieden finden würde. Eigentlich schenkte Gabriel solchen Erzählungen nicht viel Glauben, aber da er sich selbst nicht mehr zu helfen wusste und keinen Weg gefunden hatte, mit seinen Schuldgefühlen umzugehen, ergriff er jede noch so kleine Chance, die sein Leiden vielleicht lindern könnte.

Als er sich auf den Weg machte, traf er am Fuße des Berges eine alte Frau, die ihn geheimnisvoll anlächelte. „Was suchst du, mein Junge?“, fragte sie ihn mit einem sanften Gesichtsausdruck. „Ich möchte den Berg besteigen, von dem es heißt, er bringe Frieden“, antwortete Gabriel. Er spürte, dass die alte Frau mehr über diesen Berg und seine Wirkung wusste, als sie sich anmerken ließ.

„Dann solltest du den Aufstieg mit leichtem Gepäck angehen.“ Gabriel wunderte sich ein wenig über diese Bemerkung, denn er hatte nur einen kleinen Rucksack dabei. Er fragte sich, warum er der alten Frau so schwer erschien. Als sie seine Gedanken sah, sagte sie: „Dieser Berg ist wie das Leben. Die vielen Dinge, die uns im Leben begegnen, werden mit der Zeit immer schwerer, wenn wir keinen Weg finden, sie loszulassen. So wird auch dein Gepäck immer schwerer, wenn du nicht lernst, es von Zeit zu Zeit loszulassen und dich von Dingen zu trennen, die dich nicht mehr weiterbringen.

Gabriel verstand nicht so recht, was sie ihm sagen wollte und fand die Frau einfach etwas seltsam. Trotzdem verabschiedete er sich freundlich und machte sich auf den Weg, denn er wollte keine Zeit verlieren. Der Aufstieg sei unter günstigen Bedingungen an einem Tag zu schaffen, hatte man ihm gesagt. Weiter oben sollte es eine Hütte zum Übernachten geben, die er unbedingt vor Einbruch der Dunkelheit erreichen wollte.

Am Anfang war die Strecke einfach. Abgesehen von einigen Steinen, die es zu überwinden galt, kam er gut voran. Doch je länger er unterwegs war, desto anstrengender wurde der Aufstieg. Obwohl sein Rucksack leichter geworden war, weil er Wasser und Proviant verzehrt hatte, wurde Gabriel das Gefühl nicht los, dass die Last auf seinen Schultern immer schwerer wurde, je höher er stieg. Immer wieder kamen die Erinnerungen an den Streit mit seinem Vater hoch und Gabriel kämpfte mit seinen Gefühlen von Wut, Enttäuschung und Schuld. Es fühlte sich an, als würde eine tonnenschwere Last auf ihm liegen.

Gabriel hatte noch nicht einmal die Hälfte des Weges zurückgelegt, als er eine Pause brauchte und sich an den Wegrand setzen musste. Ansonsten wäre er bald zusammengebrochen. Eine gefühlte Ewigkeit saß er so da, unfähig, auch nur einen Schritt zu tun. Immer wieder sah er das Bild seines weinenden Vaters vor sich, das ihn niederdrückte und nicht mehr aufstehen ließ.

Irgendwann bemerkte Gabriel in der Ferne eine kleine Gestalt auf dem Weg, von dem er gekommen war. Zuerst glaubte er sich geirrt zu haben, denn die Person bewegte sich in einem erstaunlichen Tempo vorwärts. Obwohl sie klein war und ihr Rucksack dementsprechend groß und schwer, schien ihr der Weg sehr leicht zu fallen. Gabriel staunte nicht schlecht, als es die alte Frau war, die kurz darauf vor ihm stand. „Wie kommt ihr mit dem ganzen Gepäck so schnell voran?“, fragte Gabriel die Frau erstaunt. Die Alte sah ihn wieder freundlich an: „Ich trage nichts anderes mit mir durchs Leben." Doch Gabriel verstand immer noch nicht.

„Du suchst Vergebung, mein Junge", sagte sie. „Ich spüre deinen Schmerz und dein Bedauern. Aber Vergebung ist ein Geschenk, das du dir selbst machen musst." Gabriel sah sie fragend an. „Wie soll ich das tun?" Die alte Frau schaute ihn kurz an, setzte dann ihren Rucksack ab und suchte etwas. Sie zog eine lange Feder heraus und gab sie ihm. „Wie kann eine Feder meinen Weg leichter machen?", fragte Gabriel verständnislos. Die Alte lachte. Dann gab sie ihm Papier und Tinte. „Die Feder macht deinen Weg nicht leichter, aber mit ihr kannst du aufschreiben, was dich bedrückt. Schreibe deine Gedanken, die dich quälen, in einem Brief auf. Schreibe ihn dem Menschen, dem du verzeihen willst oder den du um Verzeihung bittest." Gabriel sah traurig aus und senkte den Blick. „Es geht um meinen Vater", sagte er langsam. „Aber er lebt leider nicht mehr."

Die Alte neigte sanft den Kopf zur Seite. „Du kannst ihm immer noch deine Gedanken mitteilen. Schreibe ihm diesen Brief und trage ihn ganz nach oben auf den Gipfel des Berges. Dort zeige ich dir, was du tun musst, damit er deinen Vater erreicht." Als sie seinen skeptischen Blick sah, lächelte sie verschmitzt. „Was hast du schon zu verlieren? Hier herumzusitzen, bringt dich sicher auch nicht weiter. Komm einfach zu mir, sobald du den Brief geschrieben hast." Damit machte sie sich auf den Weg, und als Gabriel sah, wie leicht sie mit ihrem großen Rucksack davonlief, fasste er sich ein Herz.

Er nahm Papier und Feder und begann, einen Brief an seinen Vater zu schreiben. Darin drückte er all seine Gefühle aus, entschuldigte sich für seine harten Worte und würdigte die Opfer, die sein Vater für die Familie gebracht hatte. Mit jedem Wort, das er schrieb, spürte Gabriel, wie die Last von seinen Schultern fiel. Als er den Brief beendet hatte, kannte er nur noch ein Ziel. Er wollte den Gipfel erreichen, um die alte

Frau zu treffen. Gabriel bewegte sich nicht so schnell wie sie, aber eine große Last war von ihm genommen. Statt schwerer Gedanken hatte er nur noch eines im Kopf: diesen Brief auf den Gipfel zu tragen.

Als er endlich oben angekommen war, wartete die alte Frau bereits auf ihn und betrachtete die späte Nachmittagssonne. „Ihr hattet mit allem Recht", gestand Gabriel und holte den Brief hervor. „Was soll ich nun damit machen?", fragte er die Alte. Diese sah ihn lächelnd an. „Einfach loslassen", sagte sie schließlich, und als Gabriel sah, wie der Wind den Brief in den Himmel trug, spürte er die Vergebung, um die er darin gebeten hatte.

4

Der Brunnen der Möglichkeiten

Amelie, eine talentierte junge Frau, wuchs einst in einer großen Metropole auf, die für ihre Mode weltberühmt war. Viele Modeschöpfer zog es in diese Stadt, und einige von ihnen hatten mit ihrer Arbeit großen Ruhm erlangt. Inspiriert von diesem Umfeld entwickelte Amelie schon früh eine besondere Leidenschaft für diesen Beruf. Schon als Kind liebte sie es, Kleider zu entwerfen und aus Stoffresten eigene Kreationen zu schneidern. Mit der Zeit entwickelte sie ein feines Gespür für

Stil und Ästhetik, das sie in ihrem späteren Leben als Designerin prägen sollte.

Nach dem erfolgreichen Abschluss ihres Modestudiums träumte Amélie davon, eines Tages ihr eigenes Modelabel zu gründen und ihre Kollektionen in den nobelsten Boutiquen der Stadt zu präsentieren. Doch das Leben war nicht immer einfach, und so musste sie sich zunächst bescheidenere Ziele setzen.

Sie entwarf eine ansehnliche Kollektion, die sie an ein Modehaus verkaufte, und hatte damit einen ersten kleinen Achtungserfolg, ohne jedoch weiter bekannt zu werden. Dieser Einstieg in die Modewelt ermutigte sie jedoch, selbst ein Geschäft zu eröffnen und ihre nächsten Kollektionen unter ihrem eigenen Namen anzubieten. Sie musste viel Geld investieren, und obwohl auch diese Kollektion den Leuten fast noch besser gefiel als die erste, verkaufte sie sich nicht besonders gut.

Eines Tages stand Amélie in ihrem Geschäft und betrachtete die Kleider, die sie mit so viel Liebe und Hingabe entworfen hatte. Wieder einmal war nur eine einzige Kundin im Laden, die etwas abwesend durch die Kollektion stöberte, ohne wirklich etwas kaufen zu wollen. Amelie spürte, wie ihr Glaube an sich und ihre Träume langsam schwand. Ihr ging das Geld aus, und wenn nicht bald etwas passierte, würde sie den Laden schließen müssen. Schon oft in ihrem Leben war sie an einem solchen Punkt angelangt, an dem sie der Mut verließ und Angst und Zweifel die Oberhand über ihre Entscheidungen gewannen. Sie hatte dann immer bei der ersten großen Herausforderung aufgegeben und einen Weg eingeschlagen, der ihr sicherer erschien, auch wenn sie dabei ihr ursprüngliches Ziel aufgeben musste.

Gerade als Amélie in diesen Gedanken versunken war, betrat der stellvertretende Direktor des Modehauses, an das sie ihre erste Kollektion verkauft hatte, ihr Geschäft.

Er hatte von Amelies Verzweiflung gehört und wollte sie besuchen, um ihr ein Angebot zu machen.

„Amelie, ich habe von Ihren Schwierigkeiten gehört und möchte Ihnen helfen", sagte er mitfühlend. „Wir vom Modehaus schätzen Ihr Talent sehr und würden Sie gerne als Designerin bei uns anstellen, wenn Sie uns außerdem wieder Ihre Kollektion verkaufen. Sie hätten dann einen gut bezahlten Job, wären abgesichert und könnten weiterhin das tun, was Sie lieben."

Amelie war überrascht und dankbar für das Angebot. Aber sie zögerte auch. Sie wollte nicht einfach aufgeben und ihren Traum von einer eigenen Marke begraben. Aber die Vernunft sagte ihr, dass sie keine Wahl hatte und das Angebot annehmen musste. Während sie darüber nachdachte, kam die Kundin im Laden auf sie zu und unterbrach das Gespräch. „Könnten Sie mir kurz mit einer Größe helfen?", fragte sie und deutete auf ein paar Kleider im hinteren Teil des Ladens. Amelie nickte und bat den

Mann vom Modehaus, am nächsten Tag wiederzukommen. Dann wolle sie ihm ihre Entscheidung mitteilen. „Gerne“, sagte er geduldig. „Aber morgen brauche ich Ihre Entscheidung. Sonst muss ich das Angebot jemand anderem machen.“ Damit verließ er den Laden und ließ Amelie verunsichert zurück. *Hätte sie doch gleich zusagen sollen?*, dachte sie bei sich, und wäre die Kundin nicht im Laden gewesen, wäre Amelie dem Mann in Panik hinterhergerannt und hätte sofort zugesagt.

Aber die Kundin hatte die Unterhaltung mit mitbekommen und sah, wie schwer es Amelie fiel, ihren Traum aufzugeben und sich anstellen zu lassen. „Entschuldigen Sie, ich habe Ihr Gespräch zufällig mitgehört“, sagte sie zu Amelie. „Darf ich Ihnen eine Geschichte erzählen? Vielleicht hilft sie Ihnen, die richtige Entscheidung zu treffen.“

Amelie war erstaunt, nickte aber zögerlich, und die Kundin erzählte ihr von einer merkwürdigen Begebenheit. „Ich selbst musste einmal in meinem Leben eine schwierige Entscheidung treffen. Damals hörte ich von einem kleinen Brunnen, der auf einem Platz vor einer alten Kirche in einem abgelegenen Viertel unserer Stadt steht. Er ist schwer zu finden, wenn man nicht genau weiß, wie man dorthin kommt." Amelie runzelte die Stirn. Sie verstand nicht, worauf die Dame hinauswollte, geschweige denn, wie ihr ein Brunnen bei ihrer Entscheidung helfen sollte.

Sie bedauerte schon, dem Herrn vom Modehaus nicht hinterhergelaufen zu sein, als die Kundin weitersprach: „Man sagt, dass man in dem Wasser des Brunnens die Fehler der Vergangenheit erkennen und daraus lernen kann". Als sie Amelies ungläubigen Blick sah, sagte sie lächelnd: „Ich weiß, es klingt etwas albern, aber mir hat der Brunnen damals sehr geholfen. Vielleicht probieren Sie es einfach mal aus." Bevor Amelie viel erwidern konnte, schrieb die Dame ihr die Wegbeschreibung auf einen Zettel und verabschiedete sich schnell, so dass Amelie nur noch ratlos zurückblieb. Sie hat sich nicht einmal mehr die Kleider zeigen lassen, dachte Amelie ein wenig irritiert. Nachdenklich steckte sie den Zettel ein und überlegte weiter, welche Entscheidung sie nun treffen sollte. Aber eine richtige Lösung wollte ihr nicht einfallen.

Als sie abends nach Hause kam und ihren Laden abschließen wollte, fiel ihr der Zettel mit der Wegbeschreibung wieder in die Hand. Sie warf einen Blick darauf und stellte überrascht fest, dass der Brunnen ganz in der Nähe ihrer kleinen Wohnung lag. Da es kein großer Umweg war und sie nichts zu verlieren hatte, beschloss Amelie, auf dem Heimweg nach dem Brunnen zu suchen. Dank der Beschreibung war es nicht schwer, den Platz mit der alten Kirche zu finden. Die Abendsonne stand noch kurz über den Häusern und ihr Licht fiel auf den Platz mit dem etwas märchenhaften Brunnen.

Ein wenig ehrfürchtig näherte sich Amelie ihm und sah schließlich, wie sich die Sonnenstrahlen im Brunnen spiegelten. Zuerst sah sie nur ihr eigenes Bild. Sie schaute weiter gedankenverloren ins Wasser und plötzlich tauchten in den Spiegelungen längst vergangene Situationen aus ihrem Leben auf. Vor ihrem geistigen Auge erschienen längst vergangene Ereignisse aus ihrem Leben, in denen sie immer wieder vor wichtigen Entscheidungen gestanden hatte.

Das Bild eines Onkels aus einer anderen Stadt tauchte auf. Er hatte sie früh in ihrer Kindheit in sein Modeatelier eingeladen. Aber sie hatte die Einladung ausgeschlagen, weil sie sich nicht traute, ihr behütetes Zuhause zu verlassen. Dann erinnerte sie sich an ihren Professor, der sie während des Studiums ermutigt hatte, an einem Wettbewerb teilzunehmen, was sie ablehnte, weil sie damals zu schüchtern war, um etwas zu präsentieren. In diesen Gedanken versunken, spürte sie, wie die milde Abendsonne auf dem Platz vor der

Kirche sie wärmte und in ein wohliges Gefühl der Entspannung versetzte.

Was sie im Wasser vor ihrem geistigen Auge zu sehen begann, waren nun ganz andere Lebenswege. Völlig frei von Angst und eingetaucht in die Geborgenheit der Liebe, die ihr dieser Ort vermittelte, sah sie, wie sie als Kind ihrer Mutter vorgeschlagen hatte, mit ihr den Onkel zu besuchen. Sie erinnerte sich daran, dass ihre Mutter dies schon immer vorhatte, es aber nie in die Tat umgesetzt hatte. Die Freude und das Selbstvertrauen, die sie damals in der Modewerkstatt gesammelt hatte, überfluteten sie beim Anblick des Brunnens mit einem Gefühl der Zuversicht.

Dann sah sie, wie sie selbstbewusst einige ihrer Kommilitonen einlud, mit ihr am Wettbewerb teilzunehmen. Sie spürte, wie die Erfahrung, ihre Ideen gemeinsam mit anderen auf der Bühne zu präsentieren, ihren Mut stärkte und sie weiter wachsen ließ. Dann tauchten Bilder des vergangenen Nachmittags auf, und sie sah wieder den stellvertretenden Chef des Modehauses und wie er ihr das Angebot gemacht hatte. Doch der Springbrunnen, in dem sich diese Bilder in der warmen Abendsonne in ihren Gedanken spiegelten, zeigte ihr auch hier plötzlich einen ganz anderen Verlauf der folgenden Ereignisse. Als die letzten Sonnenstrahlen hinter den Häusern verschwunden waren, verstand Amelie, was der Brunnen ihr sagen wollte.

Am nächsten Tag stand Amelie wieder in ihrem Laden, als der Vertreter des Modehauses hereinkam. Doch etwas hatte sich verändert. Der Mann spürte es schon, als er sich der jungen Frau näherte, die selbstbewusst hinter der Ladentheke stand. Sie strahlte eine Präsenz und Zuversicht aus, wie er sie seit Jahren nicht mehr bei einem Menschen gesehen hatte. Beeindruckt von dieser Veränderung, die so schnell über Nacht gekommen zu sein schien, fragte er sie nach ihrer Entscheidung.

„Ich würde wirklich gerne wieder mit Ihnen zusammenarbeiten“, begann Amelie. Der

Mann war ein wenig überrascht, denn er hätte schwören können, dass die junge Frau weiter auf eigene Faust an ihrem Traum vom eigenen Modelabel festhalten wollte. Doch als sie weitersprach, merkte er, dass er sich nicht getäuscht hatte, denn Amelie war wirklich wie verwandelt. „Deshalb möchte ich Ihnen anbieten, mein Partner zu werden. Helfen Sie mir, unser eigenes Modehaus aufzubauen, und mit meinen frischen Ideen und Ihrer Erfahrung haben wir alle Chancen, erfolgreich zu sein."

Gestern hätte der Vertreter des Modehauses über ein solches Angebot sicher nur gelacht. Aber heute spürte der Mann, dass es nicht nur eine interessante Idee war, sondern dass Amelie auch einen guten Instinkt hatte. Denn der Mann fühlte sich schon lange nicht mehr wohl bei seiner Arbeit. Zu oft war er bei Beförderungen übergangen worden, und auch jetzt, als Stellvertreter seines Chefs, konnte er nur wenige Entscheidungen durchsetzen, die er für richtig hielt. Er hatte schon vor langer Zeit aufgegeben, mehr aus seiner Karriere zu machen, und jetzt fühlte er sich zum ersten Mal wieder lebendig bei dem Gedanken, was er mit dieser talentierten Designerin alles erreichen könnte.

Normalerweise hätte er sich zumindest Bedenkzeit erbeten, um das Für und Wider abzuwägen. Aber die junge Frau strahlte etwas Besonderes aus, und so schien sich ihm eine einmalige Chance zu bieten. Sie verbrachten den ganzen Tag im Geschäft, schmiedeten Pläne und waren sich noch vor Ladenschluss einig.

Was sie so verändert habe, wollte er noch wissen, als er am späten Abend das Geschäft verließ. Amelie betrachtete das Schaufenster und ihre Kollektion. Zwischen den Stoffen war ihr, als sähe sie die Kundin vom Vortag draußen stehen und liebevoll ihre Kleider betrachten. Dann sagte Amelie: „Mit dem Licht meines Herzens habe ich die Angst vertrieben, und plötzlich sah ich so viel mehr Möglichkeiten, als ich mir vorher je hätte vorstellen können."

5

Das Tal der Schatten

Leon war ein erfolgreicher Geschäftsmann, der scheinbar alles hatte: eine liebevolle Familie, einen großen Freundeskreis und eine beeindruckende Karriere. Doch hinter dieser glücklichen Fassade verbarg sich ein Mann, der von seinen Ängsten geplagt wurde. Obwohl er in vielen Bereichen seines Lebens erfolgreich war, hatte er nie gelernt, mit seiner Angst umzugehen. Schon früh in seiner Kindheit habe ihm sein Vater gesagt, dass er als Junge immer mutig und stark sein müsse. Angst sei eine Schwäche, die er nicht zulassen dürfe. Deshalb schämte sich Leon als Kind immer, wenn er Angst hatte und ihn der Mut verließ. Bald lernte er, diese

Gefühle zu verbergen und Situationen, in denen er sich schrecklich verloren fühlte, zu überspielen.

Als er älter wurde, half ihm dieses Verhalten zunächst. Seine Freunde beneideten ihn teilweise um seinen Wagemut. Seine Familie fühlte sich bei ihm sicher, weil er in allen schwierigen Lebenssituationen wie ein Fels in der Brandung wirkte, und beruflich hatte sein Wagemut zu vielen Erfolgen und einem schnellen Aufstieg geführt. Nichts schien Leon zu erschüttern und niemand ahnte, wie es wirklich in ihm aussah.

Da er aber seine Ängste und Unsicherheiten verdrängte, anstatt sich ihnen zu stellen, machten sich diese Gefühle auf andere Weise bemerkbar. Leon hatte nun regelmäßig Alpträume, die er vor seiner Familie geheim hielt. Später folgten häufige Schweißausbrüche, die er ebenfalls geschickt auf andere Umstände schob, wenn sie jemand bemerkte. Doch in letzter Zeit waren es immer häufiger Panikattacken, die ihn überfielen und die er immer schlechter verbergen konnte. So fürchtete Leon bald die Angst selbst und steigerte sich mit der Zeit so sehr in diese Gedanken hinein, dass er schließlich glaubte, bald unter der Last seiner Ängste zusammenbrechen zu müssen.

Dann kam der Tag, an dem Leon Elias traf, einen älteren Herrn, der zufällig bei einem Geschäftsempfang mit ihm an einem Tisch saß. Sie unterhielten sich ein wenig, und Leon hörte gebannt zu, als der ältere Herr aus seinem Leben erzählte. Er berichtete, dass er schon in jungen Jahren im Krieg kämpfen musste. „Sie Haben sicher wahnsinnige Angst gehabt", sagte Leon. Doch Elias schaute ihn nur mit seinen ruhigen Augen an und lächelte. „Ich habe früh gelernt, mit meinen Ängsten umzugehen." Das Gespräch wurde unterbrochen und ein Geschäftspartner führte Leon an einen anderen Tisch, um ihn dem Gastgeber vorzustellen.

Als Leon zum Tisch zurückkam, war Elias schon gegangen. Leon war enttäuscht und etwas entmutigt. Er hatte gehofft, von dem alten Mann noch zu erfahren, wie er gelernt hatte, mit seinen Ängsten umzugehen. Da entdeckte er eine Visitenkarte, die Elias auf dem Tisch liegen gelassen hatte. Leon nahm sie und fand auf der Rückseite eine Nachricht. *Kommen Sie vorbei, wenn Sie bereit sind, sich Ihren Ängsten zu stellen.* Leon erschrak ein wenig, als er diese Zeilen las. Er hatte Elias nichts von sich erzählt. Woher sollte der Mann von seinen Ängsten wissen? Er wollte die Nachricht ignorieren, aber in den nächsten Wochen ging ihm der seltsame alte Mann nicht mehr aus dem Kopf. Er hatte so ruhig gewirkt, als lebte er in völligem Frieden mit sich selbst.

Irgendwann nahm Leon seinen ganzen Mut zusammen und ging zu der Adresse, die auf der Karte stand. Das Haus lag auf einem kleinen Hügel, hinter dem ein Weg in ein kleines Tal führte. *Ich erwarte Sie auf der anderen Seite des Tals*, stand auf einem Zettel, der an der Haustür hing. Leon fühlte sich ein wenig unbehaglich. Wie konnte der alte Mann sicher sein, dass Leon ihn besuchen würde? Sollte er wirklich zu Fuß durch das Tal gehen? Der schmale Weg ließ nichts anderes zu, und auch wenn Leon das Tal nicht besonders groß vorkam und er wahrscheinlich weniger als ein paar Stunden brauchte, um auf die andere Seite zu gelangen, kamen seine Zweifel und Ängste nun doch zum Vorschein.

Dann erinnerte er sich an die Botschaft auf der Karte. *Kommen Sie vorbei, wenn Sie bereit sind, sich Ihren Ängsten zu stellen.* Wie sollte er dazu bereit sein, wenn er sich schon vor einem harmlosen Tal fürchtete? Also beschloss Leon, einfach loszugehen, und machte sich auf den Weg ins Tal. Er wanderte eine Weile, und je länger er mit sich allein war, desto stärker wurden seine Gedanken und Ängste. Er dachte an die Alpträume, die ihn quälten, an die Panikattacken, die ihn überfielen, an das Gefühl der Angst, das ihn ständig begleitete.

Die Stille des Tales schien seine Ängste noch zu verstärken, und bald fühlte er sich verloren und allein. Je tiefer er in das Tal kam, desto dunkler wurde es. Leon fragte sich, ob es hier wilde Tiere gab, und schon glaubte er, hinter jedem Busch ein Raubtier zu sehen. Mal rannte er, mal versteckte er sich. Der Gedanke, in Gefahr zu sein, ließ ihn nicht zur Ruhe kommen. Die Bäume verdunkelten den Weg und warfen lange Schatten. Leon sah nur noch ihre Dunkelheit und steigerte sich so in seine Angst hinein, dass er glaubte, die Schatten würden lebendig und seien gekommen, um ihn zu holen.

In seinem Wahn glaubte er schließlich, der alte Mann habe ihn in eine Falle gelockt und ein übermächtiger böser Dämon spuke im Tal, der ihn direkt in die Hölle führen wolle. Seine Panik legte einen undurchdringlichen Schleier über die Wirklichkeit und am Ende saß Leon zitternd unter einem kleinen Felsen, ganz und gar verstrickt in seine Welt aus Furcht und Schrecken. Er konnte keinen klaren Gedanken fassen, keinen Schritt mehr tun. Er war gefangen in seiner Angst.

„Wenn es am dunkelsten ist, leuchte ich am hellsten", hörte er plötzlich eine Stimme sagen. Vor ihm stand Elias mit einer Lampe und leuchtete ihm ins Gesicht. Immer noch zitternd sah Leon ihn ängstlich an. Der ältere Mann sprach ihm Mut zu: „Es ist fast geschafft. Nur noch ein paar hundert Meter. Kommen Sie, ich leuchte Ihnen das letzte Stück." Doch nachdem Leon sich die ersten Meter vorgewagt hatte, verkroch er sich schnell wieder unter seinen Felsen. „Ich schaffe das nicht", sagte er ängstlich. „Überall scheint Gefahr zu lauern, und selbst die Bäume sehen aus, als würden sie jeden Moment auf mich stürzen. Es ist einfach zu dunkel."

„Dann nehmen Sie das Licht. Ich komme auch ohne zurecht", sagte Elias und reichte Leon die Lampe. Erstaunt nahm Leon sie entgegen. „Aber in diesem Tal sind Sie ohne Licht verloren. Was ist, wenn Sie den Kontakt zu mir verlieren und hier nie wieder herauskommen?" Der alte Mann lächelte. „Ich bin in meinem Leben schon durch viele Berge und Täler gegangen. Bisher habe ich es immer geschafft. Ich vertraue darauf, dass auch diesmal alles gut geht." Leon spürte wieder diese unglaubliche Sicherheit, die der ältere Mann ausstrahlte. Das war das wahre Licht, das Elias in Leon entzündete. So nahm Leon die Lampe und tatsächlich, nach nur wenigen Minuten, die sie noch zurücklegen mussten, waren sie am Ende des Tals, von wo aus ein Weg auf den nächsten Hügel führte. Als sie oben angekommen waren, sah Leon Elias fragend an: „Warum hatten Sie keine Angst?"

Der alte Mann lächelte. „Angst ist ein natürlicher Teil unseres Lebens, Leon. Sie ist nichts, was wir bekämpfen oder verstecken müssen. Sie ist einfach da, und wir müssen lernen, damit umzugehen. Angst kann uns warnen, wenn Gefahr droht. Sie kann uns motivieren, uns besser vorzubereiten oder Hilfe zu suchen. Aber wir dürfen nicht zulassen, dass sie uns lähmt oder kontrolliert. Dann wird sie zu einem Monster, das uns gefangen hält und uns daran hindert, unser volles Potenzial zu entfalten. Das ist die Lektion, die uns dieses Tal lehrt, und glauben Sie mir, jeder von uns geht irgendwann in seinem Leben durch ein solches Tal.“

Leon begann über die Worte des älteren Herrn nachzudenken, als Elias weiter sagte: „Aber immer, wenn wir ein Tal durchquert haben, ist es im Nachhinein nicht mehr so schrecklich, wie es sich angefühlt hat, und wir können neuen Mut und neue Kraft daraus schöpfen, dass wir es geschafft haben.“ Bei diesen Worten blickte Leon vom Hügel zurück ins Tal. Plötzlich sah er das schöne Licht, das die Sonne zwischen die Bäume warf, spürte den Wind und hörte die Vögel zwitschern, die er auf dem Weg nach unten nicht gehört hatte. Da wusste er, dass Elias recht hatte, und während er das Tal die ganze Zeit nur gefürchtet hatte, sah er nun, was es wirklich für ihn war: ein großes Geschenk.

6

Der Flüsterer der Wünsche

In einer fernen Stadt, in der das Moderne auf das Alte traf und Hochhäuser neben jahrhundertealten Steinmauern standen, lebte ein geheimnisvoller Mann, der „Flüsterer der Wünsche“ genannt wurde. Dieser Mann, dessen wahres Alter niemand kannte und dessen Augen die Farbe des tiefen Meeres hatten, besaß eine außergewöhnliche Gabe. Er konnte die Wünsche der Menschen hören.

Jeden Tag saß er auf einer alten Holzbank mitten auf einem belebten Marktplatz und lauschte den unausgesprochenen Wünschen in den Herzen der Menschen.

Es waren Wünsche nach Liebe, Erfolg, Gesundheit, Frieden und manchmal auch nur nach einem freundlichen Wort. Doch der Flüsterer hörte nicht nur zu, er half den Menschen auch, ihre wahren Sehnsüchte und Bedürfnisse zu erkennen.

Die Geschichte vom Flüsterer der Wünsche verbreitete sich schnell in der Stadt und weit darüber hinaus. Die Erzählung wurde zum Mythos und der Mythos zur Legende. Schließlich glaubten die Menschen, der Mann könne ihre unausgesprochenen Wünsche erfüllen. So kam eines Tages eine junge Frau zu diesem Mann, die von seinen Fähigkeiten gehört hatte und fest entschlossen war, ihren Wunsch in Erfüllung gehen zu lassen. Sie wirkte müde und erschöpft. Der Mann fragte sie, was sie zu ihm geführt habe, und die Frau antwortete: „Ich wünsche mir, reich zu sein."

Der Flüsterer der Wünsche sah sie lange an. Nach einer Weile sagte er: „Wenn es das ist, was du dir wirklich wünschst". Dann schwieg er wieder. Die Frau war etwas verwirrt, verstand nicht, was sie tun sollte und verabschiedete sich schließlich. Als sie zu Hause einer Freundin von dieser Begegnung berichtete und nicht so recht wusste, was sie davon halten sollte, erzählte diese ihr, dass sie jemanden kenne, der tatsächlich reich geworden sei, nachdem er dem geheimnisvollen Mann diesen Wunsch ausgesprochen hatte.

„Was genau ist passiert?", wollte die Frau wissen, und ihre Freundin erzählte, dass der Mann viele Gelegenheiten gesehen und ergriffen hatte, die sich ihm nie zuvor gezeigt hatten, und dass er nach einer Weile und ein wenig Aufmerksamkeit ein Vermögen aufgebaut hatte, mit dem Wunsch, reich zu werden. Durch diese Geschichte ermutigt, änderte die Frau ihren Blick auf die Welt. Ihr unerschütterlicher Glaube zog nun jede Möglichkeit an, reich zu werden. Sie widmete ihre ganze Energie diesem Ziel.

Jede Sekunde ihres Lebens drehte sich nur noch um Geld, und nach einer Weile war sie tatsächlich reich und konnte sich alles leisten, wovon sie je geträumt hatte. Aber etwas stimmte nicht. Denn mit dem Reichtum kam die Angst. Sie fürchtete nun, ihr neu erworbenes Vermögen wieder zu verlieren. Ihr Leben, das früher unerfüllt, aber sorglos gewesen war, wurde nun von Unruhe und Angst beherrscht. Das Geld hatte sie so in seinen Bann gezogen, dass sie zum Sklaven ihres eigenen Erfolgs geworden war. Sie konnte ihren Reichtum nicht mehr genießen, und in ihrer Verzweiflung erinnerte sie sich wieder an den Flüsterer der Wünsche. Vielleicht konnte er ihr noch einmal helfen.

So kam sie nach langer Zeit wieder zu ihm und bat ihn, ihr die Angst zu nehmen. „Ich bin reich geworden, so wie ich es mir damals gewünscht habe. Aber seit mein Wunsch in Erfüllung gegangen ist, lebe ich in ständiger Angst, alles wieder zu verlieren." Der Flüsterer der Wünsche sah die Frau wieder lange an und sagte nichts. Die Frau fasste sich ein Herz und bat ihn schließlich, ihr einen weiteren Wunsch zu erfüllen: „Ich wünsche mir sehnlichst, keine Angst mehr zu haben, mein Geld zu verlieren." Wieder antwortete der Mann nur: „Wenn das wirklich dein Wunsch ist." Dann schwieg er wieder.

Erleichtert kehrte die Frau nach Hause zurück. Sie hatte schon einmal erlebt, dass die Wünsche, die man an den Mann richtete, wirklich in Erfüllung gingen. Allein dieser Gedanke beruhigte sie. Sie spürte die Veränderung in sich und verstand, dass auch dieser Wunsch kurz vor der Erfüllung stand. So verlor sie ihre Angst und wurde sorglos, zu sorglos. Sie verprasste ihr Geld, bis nichts mehr übrig war. Sie hatte ihre Angst überwunden, aber der Preis dafür war ihr Reichtum. Als sie eines Tages merkte, dass genau das, was sie sich beim zweiten Mal von dem Flüsterer gewünscht hatte, in Erfüllung gegangen war und ihre Situation wieder so war wie am Anfang, beschloss sie, ihn ein drittes Mal aufzusuchen.

Sie gestand dem Flüsterer, dass ihr Wunsch zwar in Erfüllung gegangen sei, sie aber dennoch kein glückliches Leben führe. Der Mann schaute sie freundlich an und sagte: „Das war ja auch nicht der Wunsch, mit dem du zu mir gekommen bist.“ Die Frau verstand nicht recht. Der Flüsterer der Wünsche sah sie an und sagte: „Zuerst hast du dir Reichtum gewünscht, und dann wolltest du die Angst davor verlieren, dass er dir wieder abhanden kommt. Aber keiner dieser Wünsche kam aus deinem Herzen.“

Die Frau überlegte einen Moment. Der Mann hatte Recht. Der ersehnte Reichtum und erst recht die Angst, ihn wieder zu verlieren, hatten nichts mit ihrem eigentlichen Lebenstraum zu tun. Sie betäubten nur etwas und lenkten von dem ab, was ihr Zufriedenheit bringen würde. Aber die Frau hatte nach all der Zeit verlernt, ihre wahren Wünsche zu erkennen. „Wie finde ich heraus, was ich wirklich will?“

„Du musst auf dein Herz hören“, sagte der Mann und ermutigte sie, ihrer inneren Stimme zu folgen. Die Frau beschloss, es zu versuchen. Jeden Tag übte sie sich darin. Sie schloss die Augen und lauschte, was ihr Inneres ihr sagte. Zuerst war es still. Aber mehr und mehr begann sie, den Lärm und die Gedanken der Welt auszublenden, um zur Stimme ihres Herzens vorzudringen. Und dann, nach einer gefühlten Ewigkeit, hörte sie sie. Sie war leise, kaum hörbar, aber sie war da. Ein leises Flüstern aus der Tiefe ihres Herzens.

Da wusste die Frau, was sie wirklich wollte. Sie erkannte, dass sie sich die falschen Ziele gesetzt hatte. Sie hatte nach materiellem Reichtum und Sicherheit gestrebt, aber in Wirklichkeit waren es die kleinen Dinge, die besonderen Momente im Alltag, die man nicht kaufen konnte, nach denen sie sich sehnte. Sie wollte das Leben in jedem Augenblick bewusst erleben und mit ihren Gedanken und Ängsten nicht woanders sein.

Ein letztes Mal wollte sie den Flüsterer aufsuchen, um sich auch diesen Wunsch zu erfüllen. Doch als sie wieder zu der Bank kam, auf der er immer gesessen hatte, war er nicht mehr da. Da wurde ihr plötzlich klar, dass der Mann ihr bei ihrer letzten Begegnung alles gesagt hatte, was sie wissen musste. *Du musst auf dein Herz hören.* Wenn sie diesen Rat jeden Tag befolgte, würde sich alles andere von selbst ergeben. Als sie den Platz verließ und sich noch einmal zu der leeren Bank umdrehte, wusste sie, wo der Flüsterer der Wünsche jetzt war. Er war in ihrem Herzen, wo sie ihn immer bei sich trug.

7

Die Tänzerin im Mondlicht

In einer pulsierenden Metropole lebte eine außergewöhnliche Tänzerin namens Lucia. Sie war berühmt für ihre feurigen Auftritte und das unvergessliche Flair, das sie auf die Bühne brachte. Jeder ihrer Auftritte war eine hypnotische Darbietung von Kraft und Anmut, die das Publikum in ihren Bann zog. Tanzen war nicht nur Lucias Beruf, sondern auch ihr Lebenselixier. Es war die Sprache, mit der sie ihre tiefsten Gefühle und Sehnsüchte ausdrückte. Ihre Auftritte waren so voller Leidenschaft und Intensität, dass sie jeden im Saal berührten und sie zu einer der gefeiertsten Tänzerinnen der Stadt machten. Sie lebte für den Tanz.

Doch eines Tages änderte sich alles. Auf dem Rückweg von einer Probe passierte etwas Schreckliches. Eine Mittänzerin hatte ihre Tanzschuhe in der Garderobe vergessen und Lucia lief ihr hinterher, um sie ihr zu bringen. Als sie zwischen zwei parkenden Autos auf die Straße lief, wurde sie von einem unachtsamen Taxifahrer in voller Fahrt erfasst. Bei dem Unfall erlitt Lucia schwere Verletzungen an den Beinen. Die Ärzte kämpften um ihr Leben, aber trotz aller Bemühungen konnten sie nicht verhindern, dass sie ihre Beine nie wieder so bewegen konnte wie früher. Ihre Fähigkeit zu tanzen hatte sie verloren. Lucia war am Boden zerstört. Ihr ganzes Leben hatte sich um den Tanz gedreht, und plötzlich wurde ihr dieser lebenswichtige Teil ihrer Identität genommen. Es war, als hätte sie einen Teil ihrer Seele verloren.

Mit Entschlossenheit und getrieben von dem verzweifelten Wunsch, wieder tanzen zu können, begann Lucia einen zähen Kampf zurück ins Leben. Sie verbrachte

Stunden in der Physiotherapie, trainierte täglich, um ihre Muskeln zu stärken und ihre Beweglichkeit zu verbessern. Sie probierte alles aus, von traditionellen Heilmethoden bis hin zu modernster Medizin, in der Hoffnung, wieder tanzen zu können. Sie ignorierte die Schmerzen, die Tränen und die Enttäuschung, die jeder vergebliche Versuch, einen Tanzschritt zu machen, mit sich brachte. Doch trotz des unglaublichen Ehrgeizes und ihrer unbeugsamen Willenskraft waren die Fortschritte langsam und unzureichend. Ihr Körper weigerte sich einfach, auf die feurigen Rhythmen zu reagieren, die einst ihre Seele entflammt hatten.

Eines Tages, nach einem besonders zermürbenden Versuch, einen einfachen Flamencoschritt auszuführen, brach sie zusammen. Sie war am Ende. Ihre Beine waren schwach und wackelig, und nichts konnte die Tatsache ändern, dass sie nie wieder so tanzen würde wie zuvor. In diesem Moment erkannte sie die bittere

Wahrheit - die Tänzerin, die sie einmal war, gab es nicht mehr. Sie schwor sich nie wieder nach einer Musik zu bewegen und begrub die Leidenschaft für den Tanz ganz tief in ihrer Seele.

Mit gebrochenem Herzen und ohne Ziel zog sie sich in eine kleine Stadt an der Küste zurück, weit weg von der pulsierenden Metropole und der Tanzszene, die einst ihr Zuhause gewesen war. Umgeben vom sanften Rauschen des Meeres und der Schönheit der Natur hoffte sie, Trost und Frieden zu finden. So verbrachte sie ihre Tage in Stille und lebte ein Leben, das für sie jede Bedeutung verloren hatte.

Doch eines Nachts, als Lucia auf dem Balkon ihres bescheidenen Hauses saß und den Mond beobachtete, der das Meer in silbernes Licht tauchte, hörte sie die fernen Klänge einer Melodie. Zuerst erschrak sie. So schöne Musik hatte sie schon lange nicht mehr gehört. Lucia konnte nicht anders und folgte den leisen Tönen, die wie von einer sanften Brise getragen durch die Luft wehten und vom Meer zu kommen schienen. So fand sich Lucia am Strand wieder, aber als sie dort ankam, war nichts mehr zu hören. Sie blickte hinaus auf das endlose Wasser, das im silbernen Licht des Mondes glitzerte, und plötzlich hörte sie wieder etwas. Es war eine alte, vertraute Melodie, die aus einem nahen Haus am Strand kam - ein langsamer, wehmütiger Flamenco, der die Sehnsucht und den Schmerz des Lebens einfing. Der Klang der Musik ließ ihre Seele erbeben und weckte in ihr eine tiefe Sehnsucht, die sie so lange unterdrückt hatte. Ohne es zu merken, begann Lucia zu tanzen. Sie bewegte sich langsam, vorsichtig, als ob sie sich an eine vergessene Sprache erinnerte. Ihre Bewegungen waren nicht perfekt, aber sie waren echt. Sie tanzte mit einer neuen Art von Freiheit, einer Freiheit, die aus der Akzeptanz und der Liebe für den Augenblick kam. Sie tanzte für sich selbst, für die Schönheit des Mondlichts und das Rauschen des Meeres. Sie tanzte, weil die

Musik sie dazu aufforderte und ihr Körper ihr folgte.

Vom Fenster ihres Hauses aus beobachtete eine alte Dame namens María Lucias Tanz. Sie sah die Schönheit und die Emotionen in Lucias Bewegungen und spürte die Leidenschaft und die Liebe zum Tanz, die trotz aller Schwierigkeiten immer noch in Lucia brannte. Als Lucia am nächsten Morgen am Strand spazieren ging, sprach María sie an.

„Du bist eine wunderbare Tänzerin, meine Liebe“, sagte María. „Ich habe dich gestern Abend tanzen sehen. Es war ein wunderschöner Anblick. Du hast eine Gabe, die nicht verloren gehen darf.“ Lucia lächelte traurig und schüttelte den Kopf. „Ich war einmal eine Tänzerin, aber das bin ich nicht mehr. Ich kann nicht mehr so tanzen wie früher.“ „Aber du kannst immer noch tanzen, Lucia. Und du kannst anderen das Tanzen beibringen. Du kannst ihnen zeigen, wie sie ihre Gefühle durch Bewegung ausdrücken können, wie sie sich durch den Tanz frei fühlen können. Du könntest eine wunderbare Lehrerin sein."

Lucia hatte nie in Betracht gezogen, Lehrerin zu werden. Aber je mehr sie darüber nachdachte, desto mehr gefiel ihr die Idee. Sie könnte ihre Leidenschaft für den Tanz teilen und anderen helfen, die Freude und Freiheit zu entdecken, die sie selbst durch das Tanzen gefunden hatte. Als María sah, dass Lucia ihren Rat beherzigte, sagte sie: „Unsere Leidenschaften können sich verändern und entwickeln, aber sie verlassen uns nie wirklich. Sie sind ein Teil von uns und finden immer einen Weg, sich auszudrücken, egal welche Hindernisse das Leben uns in den Weg stellt."

Marías Worte berührten Lucia tief, und so wurde sie Tanzlehrerin in dem kleinen Dorf an der Küste. Bald kamen die Leute von nah und fern, um bei ihr Unterricht zu nehmen. Denn niemand vermittelte die Leidenschaft für den Tanz so gut wie Lucia.

Sie selbst aber ging von diesem Tag an jedes Mal, wenn der Vollmond schien, an den Strand und tanzte in seinem Licht. Sie tanze zu einer Melodie, die der Wind zu ihr trug. In diesen Momenten, begleitet von den sanften Wellen des Meeres, fühlte sie sich freier und glücklicher, als sie es je auf einer großen Bühne hätte sein können. Sie hatte ihre Leidenschaft wiedergefunden und damit einen neuen Weg, ihr Leben zu lieben.

8

Die Höhle des Erwachens

Es war einst ein abgelegenes Dorf, eingebettet zwischen hohen, schroffen Bergen und üppigen Wäldern. Die Legende erzählte von einer geheimen Höhle tief in den Bergen, die die Kraft hatte, die Seelen der Menschen zu erwecken.

Ein junger Mann namens Eamon hörte von den Ältesten seines Dorfes oft Geschichten über die Höhle des Erwachens. Er war ein unruhiger Geist, immer auf der Suche nach Abenteuern und mystischen Geheimnissen. Die Geschichten über die Höhle fesselten sein Herz und er beschloss, sie zu finden und ihre Geheimnisse zu lüften.

Ausgerüstet mit einer alten Karte, die er in den Hinterlassenschaften seines Großvaters gefunden hatte, und dem Segen der Ältesten machte sich Eamon auf den Weg. Tagelang wanderte er durch dichte Wälder und über steile Pfade, bis er schließlich vor einer verborgenen Felsspalte stand.

Mit einer brennenden Fackel betrat er die Höhle. Die Wände schienen mit einer seltsam schimmernden Schrift verziert zu sein, die er nicht entziffern konnte. Je tiefer er ging, desto lauter wurde ein Summen in der Luft. Schließlich gelangte er in eine große Kammer, deren Mitte ein glühender Kristall zierte.

Als Eamon näher kam, spürte er, wie eine Welle von Energie durch ihn hindurchging. Die schimmernden Schriftzeichen an den Wänden begannen sich zu bewegen, und plötzlich konnte er sie verstehen. Es waren Geschichten, Lebensweisheiten und Erkenntnisse aus vielen Jahrhunderten. Eamon erkannte, dass es die gesammelte

Weisheit und Erfahrung der Menschen war, die vor ihm gelebt hatten.

Stunden, vielleicht Tage verbrachte er in der Kammer und las die Botschaften an den Wänden. Schließlich legte er seine Hand auf den glühenden Kristall in der Mitte der Höhle. Plötzlich überfluteten ihn Bilder und Gefühle - Erlebnisse, Hoffnungen und Träume unzähliger Menschen.

Als Eamon die Höhle verließ, war er wie verwandelt. Er trug nicht nur die Erkenntnisse der Höhle in sich, sondern auch eine neue Klarheit und einen unerschütterlichen Frieden. Er erkannte, dass das Erwachen nicht nur eine Erleuchtung des Geistes war, sondern auch eine tiefe Verbundenheit mit der Menschheit und allen Geschöpfen der Erde.

Zurück im Dorf erzählte er den Bewohnern von seinen Erlebnissen. Er berichtete von den Geschichten, die er in der Höhle gelesen hatte, und von der Weisheit, die er gewonnen hatte. Die Menschen hörten ihm gebannt zu, und auch sie begannen, eine Veränderung in ihren Herzen zu spüren.

Eamon wurde zum Hüter der Höhle des Erwachens und begann, anderen auf ihrem Weg der Erkenntnis zu helfen. Er lehrte sie, sich mit ihrer inneren Weisheit und der Weisheit der Natur zu verbinden. Er erzählte ihnen von der Bedeutung der Gemeinschaft und wie wichtig es ist, Erfahrungen zu teilen und voneinander zu lernen.

Die Jahre vergingen und Eamon wurde als weiser Ältester des Dorfes geehrt. Die Menschen kamen von weit her, um seine Worte zu hören und vielleicht etwas von der Erleuchtung zu spüren, die er in der Höhle gefunden hatte.

Als Eamon eines Tages am Fuße des Berges saß und in die aufgehende Sonne blickte, spürte er, dass seine Zeit auf Erden zu Ende ging. Mit einem friedlichen Lächeln machte er sich ein letztes Mal auf den Weg zur Höhle des Erwachens.

In der Höhle angekommen, legte er seine Hand auf den glühenden Kristall und sprach seine letzten Worte. Er dankte für die Erkenntnis und das Erwachen, das er erfahren durfte, und bat darum, dass seine eigenen Erfahrungen und Weisheiten in den Wänden der Höhle für zukünftige Generationen bewahrt werden.

Als er das sagte, nahm der Kristall sein sanftes Licht auf, und Eamon verschmolz mit den schimmernden Inschriften an den Wänden der Höhle. Er wurde selbst ein Teil der unendlichen Weisheit, die dort aufbewahrt wurde. Das Dorf ehrte Eamon als einen ihrer größten Lehrer und bewahrte sein Andenken in Geschichten und Liedern.

Und so wurde die Höhle des Erwachens zu einem Ort unendlicher Weisheit für alle, die den Mut hatten, sich auf den Weg der Selbstentdeckung zu begeben und zu lernen, dass Erwachen nicht nur ein inneres Licht ist, sondern eine tiefe Verbindung mit dem Leben selbst.

9

Die unsichtbaren Fäden

Auf einem großen Platz in einem belebten Stadtviertel saß ein alter Mann namens Ernesto. Er war regelmäßiger Gast in dem kleinen Café am Rande des Platzes und beobachtete von dort aus das tägliche Leben und Treiben. Mit seinem scharfen Blick und seinem wachen Verstand erkannte er die verborgenen Geschichten, die die Menschen in diesem Viertel miteinander verbanden.

Eines Tages kam sein Großneffe Luca zu Besuch. Der sonst so fröhliche junge Mann wirkte traurig. Eine große Unruhe lag in seinen Augen. Er hatte in letzter Zeit viel über das Leben nachgedacht und sich Fragen gestellt, die nur schwer zu beantworten waren. So war er zutiefst verunsichert und suchte Rat bei seinem Onkel, der so viel mehr Erfahrung hatte als er.

„Onkel Ernesto“, begann er, und man konnte die Verwirrung und Resignation in seiner Stimme hören. „Ich verstehe nicht, was der Sinn unseres Tuns ist. Warum streben wir nach Dingen, die uns oft nicht erfüllen, und lassen dabei das Wesentliche außer Acht? Unsere Taten scheinen so sinnlos, so ohne Bedeutung zu sein. Sind sie nur flüchtige Zufälle, die sich in den unendlichen Weiten des Universums verlieren, oder haben sie einen tieferen Sinn, den ich nicht verstehe?“ Die drängenden Fragen offenbarten eine tiefe Sehnsucht - eine Sehnsucht nach Sinn, nach Verbundenheit, nach einem tieferen Verständnis des Lebens und der eigenen Rolle darin.

Ernesto lächelte und deutete auf den Platz. „Siehst du den Mann da drüben mit der Kamera?“, fragte er. Luca nickte.

„Das ist Antonio, er ist Fotograf. Er fängt Augenblicke des Lebens ein und hält sie für die Ewigkeit fest.“ „Aber nichts ist für die Ewigkeit“, antwortete Luca resigniert. „Irgendwann werden auch Antonio und seine Fotos vergessen sein. Welchen tieferen Sinn sollten sie dann haben?“ Doch Ernesto sah seinen Großneffen nur an und lächelte wieder. „Warte ab, ich werde es dir zeigen.“

Dann zeigte er auf eine junge Frau, die ihre beiden Kinder durch die Menge führte. „Das ist Clara, eine junge Mutter. Sie tut ihr Bestes, um ihre Kinder großzuziehen.“ Luca verstand nicht, worauf sein Onkel hinauswollte. „Clara ist ziemlich verzweifelt. Sie ist oft am Ende ihrer Kräfte und weiß nicht, wie sie alles schaffen soll. Aber dann passiert das.“ Ernesto deutete auf die junge Frau, die gerade mit ihren Kindern den Platz überquerte, auf dem Antonio mit seiner Kamera stand. Luca saß neben Ernesto im Café und beobachtete das Geschehen. Er sah, wie Antonio ein Foto von Clara und ihren Kindern machte.

Das Bild war so voller Liebe und Glück, dass Clara für einen Moment ihre Sorgen vergaß und ihre Kinder mit neuer Energie und Freude umarmte.

„Antonio macht das schon seit einiger Zeit. Angefangen hat es vor ein, zwei Jahren, als er Clara müde und erschöpft über den Platz gehen sah. Seitdem versteht er es, ihr mit seinen Fotos die Schönheit des Lebens zu zeigen, das sie mit ihren Kindern führt. Eine ganze Serie ist entstanden, die Clara in einem Bildband zu Hause aufbewahrt. Jedes Mal, wenn sie hier vorbeikommt, erinnert sie Antonio an den Moment, in dem sie wieder Mut gefasst hat, und abends, wenn sie erschöpft vom Tag ist, holt sie den Bildband hervor und sieht, wie viele Jahre sie nun schon ihre Kinder großzieht. Die Fotos machen sie stolz und geben ihr neuen Mut.“

Ernesto legte seine Hand auf Lucas Schulter und sein Blick wurde ernst. „Siehst du, Luca, die Taten des Fotografen Antonio haben für Clara eine tiefe Bedeutung. Er hat sie aufgebaut, als sie die Hoffnung zu verlieren schien, und ihr gezeigt, dass sie nicht allein ist. Mit seinen Fotos hat er ihr Leben verändert."

Luca sah seinen Onkel nachdenklich an, aber Ernesto fuhr schon fort. „Schau mal dort drüben, siehst du den Mann mit der Gitarre? Das ist Fernando, ein Straßenmusiker." Während er sprach, begann Fernando ein Lied zu spielen. Die Melodie erfüllte den Platz und schien die Menschen für einen Moment innehalten zu lassen. „Fernando spielt hier jeden Tag. Seine Musik berührt die Menschen, bringt sie zum Lächeln, zum Weinen und lässt sie für einen Moment ihre Sorgen vergessen. So wie jetzt."

Luca beobachtete, wie Clara, die Antonio gerade fotografiert hatte, stehen blieb und zu Fernando schaute. Ein Lächeln breitete sich auf ihrem Gesicht aus und sie schien für einen Moment ihre Last vergessen zu haben. „Fernando hat dasselbe getan wie Antonio. Er hat Clara mit seiner Musik geholfen. Sie hört ihn jedes Mal, wenn sie über den Platz geht, und seine Lieder schenken ihr einen schönen Moment in ihrem Alltag. Wenn Fernando seine Musik spielt, scheint es nur eine kleine, unbedeutende Geste zu sein, Luca, aber sie hat einen großen Einfluss."

Ernesto zeigte nun auf einen anderen Mann im Anzug, der eilig den Platz überquerte. „Das ist Ricardo, ein Geschäftsmann. Er ist immer in Eile und scheint nie Zeit zu haben. Aber auch er ist mit uns allen hier verbunden." Ricardo eilte an Clara und ihren Kindern vorbei, blieb aber kurz stehen, als er Fernandos Musik hörte. Er zückte seine Brieftasche und warf eine Münze in Fernandos Gitarrenkoffer.

„Fernando spielt immer um diese Zeit, wenn Clara mit ihren Kindern vorbeikommt, weil Ricardo auf dem Weg zur Arbeit ist und ihm immer eine Münze in den Gitarrenkoffer wirft. Wenn Ricardo das nicht tun würde, hätte Fernando sich vielleicht schon längst einen anderen Platz zum Spielen gesucht oder ganz mit dem Musizieren aufgehört."

Luca sah seinen Onkel nachdenklich an. Über solche Zusammenhänge hatte er noch nie nachgedacht.

„Und dann ist da noch Pablo“, fuhr Ernesto fort und deutete auf einen jungen Mann, der geduldig an der Bushaltestelle wartete. „Pablo ist Pfleger in einem Altenheim. Meistens hat er die anstrengende Nachtschicht, die erst in den frühen Morgenstunden endet. Jeden Tag nach der Arbeit kommt er hierher, um Fernando zu hören. Die Musik beruhigt ihn und hilft ihm, die Anstrengung der letzten Nacht zu vergessen.“ Ernesto machte eine Pause und schaute auf den Platz, wo Claras Kinder herumtobten.

„Pablo hat eine besondere Beziehung zu Claras Kindern. Er hat früher auf sie aufgepasst und hat immer noch eine enge Verbindung zu ihnen. Wenn sie ihn hier auf dem Platz sehen, laufen sie auf ihn zu und umarmen ihn. Ihre Freude und ihr Lachen berühren ihn tief und erinnern ihn daran, warum er seinen Beruf gewählt hat - um

Menschen zu betreuen und ihnen Freude zu bereiten." Luca sah erstaunt, wie Claras Kinder auf Pablo zuliefen und ihm in die Arme sprangen. Er konnte das Glück in Pablos Gesicht sehen.

„Es gibt noch eine andere Verbindung, die du vielleicht noch nicht bemerkt hast", sagte Ernesto und sein Blick folgte Ricardo, der gerade das Café betrat, in dem sie saßen. „Jeden Morgen, bevor der Tag richtig beginnt, kommt Ricardo hierher und trinkt einen Espresso. Und weißt du, mit wem er ihn trinkt? Mit Antonio."

Luca blickte überrascht auf, als er Antonio das Café betreten sah. Der Fotograf nickte Ricardo zu und setzte sich zu ihm an den Tresen. Sie wechseln ein paar Worte, lachen und prosten sich mit ihren Espressotassen zu.

„Ricardo könnte einen viel kürzeren Weg zur Arbeit nehmen", fuhr Ernesto fort, „aber er wählt diesen Weg, um einen Moment der Ruhe zu haben, bevor sein hektischer

Tag beginnt. Die beiden unterhalten sich über das Weltgeschehen, teilen ihre Gedanken und tauschen Meinungen aus. Dieser kurze Moment mit Antonio lässt Ricardo positiv in den Tag starten. Sie sind Freunde geworden, verbunden durch ein morgendliches Ritual, das beiden gut tut." Fasziniert beobachtete Luca, wie sich die beiden Freunde an der Theke unterhielten und sich dann verabschiedeten.

Ernesto sah Luca an. „Siehst du, Luca, wie all diese Menschen miteinander verbunden sind? Wie ihre Handlungen und Entscheidungen das Leben der anderen beeinflussen und prägen? Das ist die Schönheit des Lebens, die unsichtbaren Fäden, die uns alle miteinander verbinden. Und das ist der Sinn, nach dem du suchst."

10

Das Lied des Lebens

Maria, eine Frau mit einem großen Herzen und einer noch größeren Liebe zur Musik, lebte in einem friedlichen Dorf in Brasilien. Seit ihrer Kindheit träumte sie davon, Musikerin zu werden. Als Kind hatte sie oft fasziniert dem Klavierspiel in einem kleinen Raum neben der Kirche gelauscht, wenn dort am Sonntagnachmittag jemand für die Gemeinde spielte. Doch das Schicksal meinte es nicht gut mit ihr. Infolge einer unbehandelten Krankheit verlor sie in jungen Jahren ihr Gehör.

Sie wollte ihren Traum nicht aufgeben, aber mit der Zeit wuchs ihre Verzweiflung.

Wie sollte sie als Gehörlose jemals ein Instrument spielen lernen? Welchen Sinn sollte dieser Lebenstraum noch haben, wenn sie die Musik nicht mehr hören konnte, selbst wenn sie ein Instrument lernte? Mit diesen quälenden Fragen verblasste ihr Traum ebenso wie die Erinnerung an die Klänge und Melodien, die sie als Kind so sehr geliebt hatte.

Eines Tages kam Joaquim in das Dorf. Joaquim war ein ruhiger alter Mann, der von Ort zu Ort zog und sein Wissen über Musik mit denen teilte, die sich dafür interessierten. Als er von Marias Schicksal hörte, beschloss er, ihr zu helfen. Er wollte ihr das Klavierspielen beibringen, auch wenn sie die Musik nicht hören konnte. Doch als Joaquim mit diesem Versuch, Marias Lebenstraum wahr werden zu lassen, zu ihr kam, erinnerte sie das nur an den Schmerz, den sie durch den Verlust ihres Gehörs empfand. „Du kannst nicht einmal mit mir kommunizieren", bedeutete sie ihm in Gebärdensprache und lehnte seine Hilfe ab.

Aber Joaquim gab nicht auf. Sein ganzes Leben lang hatte er jeden zur Musik gebracht, dem sie etwas bedeutete, und Maria sollte nicht diejenige sein, an der er am Ende seines Lebens gescheitert war. Also nahm er sich die Zeit, Maria eine Weile in ihrem Alltag zu beobachten. Er sah, wie sie sich mit den Dorfbewohnern unterhielt, und begann mit Geduld und Ausdauer, die Zeichen der Gebärdensprache zu studieren. Nach einiger Zeit stand er wieder vor Marias Tür.

Sie wollte ihn schon wieder abweisen, als sie sah, dass er sein Anliegen mit den Gebärden der Gehörlosen vorbringen konnte. „Du brauchst kein Ohr, um die Musik zu hören, sie ist schon in deinem Herzen. Höre nach innen, nicht nach außen“, bedeutete er ihr mit seinen Händen, und Maria beschloss, die Hilfe des alten Mannes anzunehmen.

Der Anfang war schwer. Maria lernte, Noten zu lesen und die Tasten des Instruments entsprechend zu bedienen. Aber sie konnte die Musik, die sie spielte, nicht hören. Sie machte Fortschritte, aber ihr Spiel wurde jedes Mal von der Erkenntnis getrübt, dass sie nie ein fertiges Stück hören konnte. Mit der Zeit nahm ihre Traurigkeit wieder zu, bis sie schließlich ganz aufgeben wollte.

Joaquim sah sie kurz an. Dann holte er seine Tasche hervor und gab ihr die Noten eines Stücks, das ein gehörloser Komponist geschrieben hatte. „Er konnte seine Musik auch nicht hören", sagte er, „aber er hat sie gefühlt. Er hat für seine Musik gelebt. Das kannst du auch." Maria wusste nicht, was sie sagen sollte. Sie konnte kaum glauben, was der alte Mann zu ihr gesagt hatte.

Doch es verfehlte seine Wirkung nicht. Die Aussicht, ein Stück zu spielen, das jemand komponiert hatte, der selbst gehörlos war, setzte in ihr eine ungeheure Motivation frei. Sie übte das Stück wieder und wieder, stundenlang, tagelang. Irgendwann konnte sie die Noten auswendig, aber die Musik erreichte sie nicht. Sie konnte sie einfach nicht hören.

Doch eines Tages, als sie das Stück allein übte, bemerkte sie plötzlich etwas, das ihr bisher immer entgangen war, weil sie ihre ganze Aufmerksamkeit auf das Hören der Musik gerichtet hatte. Unter ihren Fingern spürte sie plötzlich die Schwingungen des Klaviers. Sie zog ihre Schuhe aus und berührte das Klavier, an dem sie saß, mit ihren nackten Füßen. Die Vibrationen waren nun deutlich zu spüren. Dann kamen ihr wieder Joaquims Worte in den Sinn: *Höre nach innen, nicht nach außen.* Und plötzlich spürte sie die Musik durch die Schwingungen, die das Instrument über die Berührung in ihren Körper übertrug. Sie konnte sie nicht hören, aber sie fühlte sie, und was in ihrer Erinnerung einmal Töne gewesen waren, ließ in ihrem Herzen eine Melodie erklingen.

Als sie einige Wochen später in dem kleinen Saal neben der Kirche saß, in dem sie als Kind immer der Musik gelauscht hatte, und ihr Repertoire mit einer Leidenschaft vortrug, die den Zuhörern eine Gänsehaut über den Rücken jagte, erkannte sie auch das Stück, das Joaquim ihr gegeben hatte. Ihr war klar geworden, dass es im Leben immer einen Weg gibt, um das zu erreichen, was einem am Herzen liegt.

Als sie es an jenem Abend spielte, saß Joaquim lächelnd in der ersten Reihe. Noch nie hatte einer seiner Schüler Beethovens *Ode an die Freude* mit solch einer lebensbejahenden Leidenschaft gespielt wie Maria. Für sie war es mehr als ein Stück Musikgeschichte. Für Maria war es das Lied ihres Lebens.

11

Der Klang der Stille

In einer lebhaften Kleinstadt, eingebettet zwischen sanften Hügeln und am Rande eines riesigen Waldes, wuchsen zwei ungleiche Jungen auf. Sie wohnten im selben Viertel, aber ihr Leben hätte nicht unterschiedlicher sein können. Der eine Junge hieß Jakob und es dauerte nicht lange, bis sein Name in der ganzen Nachbarschaft bekannt war.

Jakob war ein Energiebündel, immer auf den Beinen und mit leuchtenden Augen auf der Suche nach dem nächsten Abenteuer. Seine Berufung fand er, als er bei seinem Onkel in dessen kleinem Laden zu arbeiten begann. Jakobs geschickte Hände und sein schneller Verstand machten ihn bald zu einem unentbehrlichen Teil des Geschäfts. Er verbrachte seine Tage damit, Kunden zu bedienen und Waren zu verkaufen. Bald, als er zu einem jungen Mann herangewachsen war, trieben ihn nur noch seine Gedanken an. Er war immer darauf bedacht, seinen eigenen Wohlstand zu mehren. Wenn Freunde ihn fragten, ob er nicht einmal eine Pause machen wolle und ihn einluden, mit ihnen ein wenig zu entspannen, antwortete er oft: „Ein erfolgreicher Mann hat dafür keine Zeit".

Auf der anderen Seite des Viertels wohnte Kilian, ein Junge, der in seiner ruhigen Art das genaue Gegenteil von Jakob zu sein schien. Anstatt den Lärm und die Hektik der Stadt zu suchen, fand Kilian seinen Frieden in der Stille des angrenzenden Waldes. Es war, als hätte der Wald und alles, was darin lebte, eine eigene Sprache, die nur Kilian zu verstehen schien.

Kilian liebte es, unter seinem Lieblingsbaum zu sitzen, die Augen zu schließen und den Geräuschen des Waldes zu lauschen. Das Zwitschern der Vögel, das Rascheln der Blätter und das leise Plätschern des nahen Baches erfüllten seine Welt. Aber es war die Stille zwischen diesen Geräuschen, die ihn faszinierte. In diesen Momenten der Stille fand er einen inneren Frieden, den er sonst nirgendwo zu verspüren schien.

„Du verschwendest deine Zeit mit Träumereien", warf Jakob ihm eines Tages vor, als er Kilian auf dem Weg aus dem Wald begegnete. Kilian, unbeeindruckt von Jakobs Hektik, lächelte nur und antwortete: „Ich träume nicht, Jakob. Ich lerne den Klang der Stille zu hören". Jakob aber schüttelte nur den Kopf. „Wozu soll das gut sein?", fragte er noch, aber bevor Kilian ihm antworten konnte, war Jakob schon weitergeeilt, denn es gab noch viel zu tun an diesem Tag.

Die Jahre vergingen und Jakob wurde noch erfolgreicher in seinen Geschäften.

Er kaufte immer mehr Läden, handelte mit immer wertvolleren Waren und sein Reichtum wuchs. Doch mit jedem neuen Geschäft, das er eröffnete, stieg auch der Druck und seine Gedanken ließen ihn nicht mehr zur Ruhe kommen. Hektik und ständige Unruhe bestimmten sein Leben. Er fand kaum noch Schlaf, und selbst wenn er versuchte, zur Ruhe zu kommen, waren seine Gedanken immer noch mit Zahlen, Verträgen und Geschäftsabschlüssen beschäftigt. Jakob wurde immer müder und seine einst strahlenden, energiegeladenen Augen wirkten nun müde und erschöpft.

Eines Tages, als Jakob fast am Ende seiner Kräfte war, traf er Kilian wieder. Der saß wie immer unter seinem Lieblingsbaum und strahlte eine Ruhe und Gelassenheit aus, die Jakob schon fast vergessen hatte. Erschöpft ließ er sich neben Kilian nieder und sah ihn mit müden Augen an. „Wie schaffst du das, Kilian?“, fragte Jakob schließlich. „Wie schaffst du es, immer so entspannt zu sein? Ich würde alles dafür geben, auch nur einen

Moment diese innere Ruhe zu haben.“ Kilian sah Jakob nachdenklich an. „Bring mir einen deiner Messingbecher aus dem Laden“, sagte er. „Einen, den du mit etwas füllen kannst, um das ich dich bitte. Komm morgen wieder, dann zeige ich dir, wie man die Stille einfängt.“

Am nächsten Tag kam Jakob mit einem prächtigen Messingbecher in den Wald. Kilian nahm den Becher und zeigte Jakob eine kleine Lichtung, auf der sie sich niederließen. „Jetzt fülle diesen Becher mit Stille“, sagte Kilian. Jakob sah ihn verwirrt an. „Aber wie?“, fragte er. „Stille ist doch nichts Greifbares.“ Kilian lächelte sanft. „Stille ist nicht die Abwesenheit von Geräuschen, Jakob“, erklärte er. „Sie ist das, was zwischen den Geräuschen liegt. Um sie zu erfassen, darfst du nicht nach ihr suchen. Du musst nur aufhören, Lärm zu machen. Du kannst die Stille erst erreichen, wenn du nichts tust.“

Jakob schaute Kilian verständnislos an. Aber er beschloss, es zu versuchen. Er setzte sich unter den Baum und schloss die Augen. Er versuchte, den Klang der Stille zu hören, aber alles, was er hörte, war das Rascheln der Blätter und das Zwitschern der Vögel. Er versuchte es immer wieder, aber der Klang der Stille wollte sich ihm nicht offenbaren. „Du versuchst es zu sehr, Jakob", sagte Kilian schließlich. „Du kannst die Stille nicht erzwingen. Du musst aufhören, sie hören zu wollen. Lass los."

Und so versuchte Jakob loszulassen. Er schloss die Augen und atmete tief durch. Er versuchte nicht mehr, die Stille zu hören. Er tat das Gegenteil von dem, was bisher sein Leben bestimmt hatte: Jakob saß einfach da, ohne jede Absicht. Und plötzlich, nur für den Bruchteil einer Sekunde, zwischen dem Zwitschern der Vögel und dem Rascheln der Blätter, hörte er es: das leise, kaum wahrnehmbare Flüstern der Stille. Es war das sanfteste, friedlichste Geräusch, das er je gehört hatte. „Siehst du", sagte Kilian, als er den kurzen Moment des Friedens auf Jakobs Gesicht sah, „jetzt hast du den ersten Moment der Stille in deinen Messingbecher gefüllt. Nimm ihn mit und übe, bis er ganz voll ist."

Von diesem Tag an ging Jakob jeden Tag in den Wald und übte sich darin, der Stille zu lauschen. Die Hektik seines Alltags nahm langsam ab, die schlaflosen Nächte wurden weniger. Er fand einen neuen Frieden in sich, einen inneren Ruhepunkt, zu dem er auch in hektischen Zeiten immer wieder zurückkehren konnte. Sein Leben war immer noch geschäftig, aber seine innere Einstellung hatte sich verändert. Er lernte, Pausen zu machen und sich Zeit für sich selbst zu nehmen. Wenn ihm wieder einmal alles zu viel wurde, suchte er sich einen ruhigen Platz und stellte seinen Messingbecher vor sich hin. Der Becher erinnerte ihn an den Moment im Wald, als er zum ersten Mal Ruhe und Frieden gespürt hatte. So fand Jakob ein Gleichgewicht zwischen seiner Arbeit und der Stille, deren Klang er nun zu schätzen wusste.

12

Der See der Unendlichkeit

Vor langer Zeit gab es in einem entlegenen Teil der Welt einen geheimnisvollen See, der als See der Unendlichkeit bekannt war. Es hieß, sein Wasser reiche bis in die Ewigkeit und enthalte die Weisheit aller Zeiten. Eine Legende besagt, dass jeder, der von seinem Wasser trinkt, Einblick in die unendlichen Möglichkeiten des Lebens erhält.

In einem abgelegenen Dorf lebte ein junger Mann namens Alva, der immer unruhig und rastlos war. Er fühlte eine Leere in seinem Herzen und sehnte sich nach einem höheren Sinn in seinem Leben. Oft hatte er vom See der Unendlichkeit gehört, aber er hatte die Legenden als Märchen abgetan.

Als Alva eines Tages am Waldrand saß und in den Himmel blickte, spürte er eine leise Stimme in sich wispern. Sie sagte ihm, dass die Antworten, die er suchte, im See der Unendlichkeit zu finden seien.

Voller Hoffnung machte sich Alva auf die Suche nach dem See. Nach einer langen Reise durch dichte Wälder und über hohe Berge gelangte er schließlich an einen Ort, der so still und friedlich war, dass er das Flüstern des Windes und das Plätschern des Wassers wie eine Melodie wahrnahm: Da lag er, der See der Unendlichkeit - so weit das Auge reichte, erstreckte sich sein ruhiges, kristallklares Wasser.

Mit zitternden Händen schöpfte Alva Wasser aus dem See und trank es. Plötzlich spürte er, wie sein Geist durch Raum und Zeit reiste. Er sah unendliche Wege und Möglichkeiten, die sich vor ihm ausbreiteten. Er sah sich selbst in unzähligen Variationen leben, lieben, leiden, triumphieren, scheitern und wieder aufstehen.

Aber etwas zog seine Aufmerksamkeit auf sich. Zwischen all diesen Möglichkeiten sah er ein gemeinsames Band. Es war die Kraft der Liebe, des Mutes und der Hingabe, die durch jede seiner Handlungen floss, und es war dieses Band, das die Schönheit in all diesen Wegen offenbarte.

Als Alva aus der Vision erwachte, fühlte er sich wie neugeboren. Er verstand nun, dass das Leben eine unendliche Folge von Wegen ist, die jeder Mensch gehen kann. Die Unendlichkeit war nicht nur im See, sondern auch in seinem Herzen und in den Entscheidungen, die er traf.

Er kehrte in sein Dorf zurück, und anstatt nach Sinn zu suchen, begann er, Sinn zu schaffen, indem er sich selbst und anderen mit Liebe und Hingabe begegnete. Die Dorfbewohner bemerkten die Veränderung in Alva und fragten ihn nach dem Geheimnis seiner neu gefundenen

Freude. Er lächelte und antwortete: „In unseren Herzen befindet sich ein See der Unendlichkeit. In ihm finden wir unzählige Wege. Es liegt an uns, jene zu wählen, die von Liebe und Hingabe gesäumt sind. Das macht das Leben so wunderbar."

Alvas Worte berührten die Herzen der Dorfbewohner und viele begaben sich auf ihre eigene Reise. Aber sie führte sie nicht zum See, sondern in die Tiefe ihrer Herzen, wo sie erkannten, dass auch in ihnen Unendlichkeit und grenzenlose Möglichkeiten lagen.

Die Jahre vergingen und Alva, inzwischen ein alter Mann, spürte, dass seine Zeit auf dieser Erde zu Ende ging. Er beschloss, seine letzten Tage am See der Unendlichkeit zu verbringen. Als er dort saß, spiegelte das Wasser des Sees das Licht der untergehenden Sonne wider, und es war, als sprächen die Farben zu ihm.

In diesem Moment verstand Alva, dass der See nie nur ein See war, sondern ein

Spiegel für die Seele, ein Portal, durch das die Mutigen und Suchenden in die Unendlichkeit ihres eigenen Wesens blicken konnten. Mit Tränen der Dankbarkeit in den Augen flüsterte Alva: „Ich bin ein Teil dieser Unendlichkeit und sie ist ein Teil von mir".

Als die letzten Sonnenstrahlen den Horizont berührten, verließ Alvas Geist seinen Körper und vermischte sich mit dem Wasser des Sees. Es wird erzählt, dass der See von diesem Tag an noch klarer und strahlender wurde, als ob ein neuer Funke des Lichts und der Liebe in ihm entzündet worden wäre.

Haben Ihnen die Geschichten gefallen? Möchten Sie noch mehr lesen? Dann habe ich genau das Richtige für Sie: In meinem Buch „Urlaub für die Seele“ warten noch viele weitere Geschichten darauf, entdeckt zu werden.

Einfach den QR-Code mit der Handykamera abfotografieren oder im eBook den Link „Urlaub für die Seele“ unten nutzen. Tauchen Sie ein und machen Sie einen „Urlaub für die Seele“:

SCAN ME

Urlaub für die Seele

******* ENDE *******

Urlaub
für die Seele
Geschichten für mehr Glück,
Sinn und Lebensfreude
Nestor T. Kolee

Nachwort

Liebe Leserinnen und Leser,

ich möchte mich ganz herzlich bei Ihnen bedanken, dass Sie mein Buch gelesen haben. Ich hoffe, die Geschichten haben Ihnen gefallen und Freude bereitet. Als Dankeschön schenke ich Ihnen eine weitere Kurzgeschichte von mir:

„In Gedanken noch einmal alles: Über die letzte Sekunde in unserem Leben".

Sie finden sie auf meiner Internetseite: www.nestorkolee.com

Noch eine persönliche Bitte:

Ich würde mich sehr freuen, wenn Sie mein Buch auf Amazon mit einer kurzen

Rezension unterstützen würden. Sie muss nicht lang sein, nur ein paar Worte, wie Ihnen die Geschichten gefallen haben.

Herzlichen Dank.

Als Dankeschön dafür finden Sie auf den nächsten Seiten eine kleine Leseprobe aus einem anderen Buch von mir.

Viel Spaß beim Lesen wünscht Ihnen

Ihr

Nestor T. Kolee

Ein Geschenk für Euch
als Dankeschön

Die kostenlose Kurzgeschichte erhaltet ihr hier:

nestorkolee.com

Leseprobe

Der Junge, der die Bücher schrieb

Im Namen von Paternoster

Prolog

Der kleine Küstenstreifen wurde einst von fremden Seefahrern entdeckt, als diese vor vielen, vielen Jahren an ihm gestrandet waren. Es heißt, ihre Seelen leben noch heute dort. Sie seien wie der Wind und das Wasser, der Sand und die Sonne an diesem Ort.

Der junge Mann wusste von alledem nichts, als er zu seinem Strandspaziergang aufbrach. Unbekümmert ging er zum Wasser, von dem ein leichter Wind herwehte. Muscheln schmückten den Sand, und die Sonne ließ sie glänzen wie die Sterne am Firmament. Als er mit seinen bloßen Füßen den Strand betrat, spürte er, dass etwas Besonderes vor sich ging.

Bereits seine gesamte Reise war ungewöhnlich verlaufen. Viele Umwege und Zufälle hatten ihn hierher geführt. Am Ende hatte er sich einfach treiben lassen. Er fühlte sich wie an diesen Strand gespült, so wie die Seeleute vor so langer Zeit. Wenngleich der junge Mann keine Ahnung von den damaligen Ereignissen hatte, waren die Menschen, die das Meer zu jener Zeit an die Küste getragen hatte, heute immer noch präsent. Es war ihre Gegenwart, die er bei seinen ersten Schritten auf dem warmen Boden spürte. Die Schiffbrüchigen von einst waren zu den vier Elementen geworden. Sie wärmten die Muscheln, tauchten sie in das Nass der Wellen, umwehten sie sanft und brachten sie am Ende zum Leuchten. So ließen sie den gesamten Strand erstrahlen, an dem der junge Mann entlangging. Die Sonne streichelte sein Gesicht. Er spürte den leichten Wind und den Sand unter den Füßen, während das Wasser seine Fersen berührte. So war der junge Mann schnell eins mit diesem Ort.

Deon hieß der freundliche Herr, der ihn hierher eingeladen hatte. Während ihrer ersten Begegnung hatte er die ganze Zeit über eine erstaunliche Ruhe ausgestrahlt. Der junge Mann hatte das noch gut in Erinnerung. Er spürte diese Ruhe erneut, als er vor einigen Tagen das erste Mal in das alte Fischerdorf kam, das an der Küste lag. Die Nachfahren der Seeleute hatten es errichtet. Deon war hier geboren worden, und so war er einer von ihnen. In ihm steckte ebenso die Weisheit, welche die Zeit den Seelen der Gestrandeten hatte anwachsen lassen. Diese Weisheit hatte den jungen Mann schließlich hierher geführt. Es war, als hätten die Seeleute ihn gerufen.

Fragen brachte der Mann mit an diesen Strand. Er suchte nach Antworten. Wenigstens nach einer. Zumindest benötigte er einen Rat. Er sehnte etwas herbei, das der Wind und das Wasser, der Sand und die Sonne in sich trugen. Wenngleich er sich dessen nicht bewusst war, hatte ihn diese Sehnsucht an den Ort geführt. Die Fragen, die der junge Mann nicht stellen konnte, trafen an diesem Platz auf Antworten, die niemand zu geben vermochte. Dennoch war hier alles eins. So kam es, dass in dem jungen Mann eine Erkenntnis reifte, die mit jedem Schritt größer wurde, den er auf den Boden des Strandes setzte. Es war ein Spaziergang hin zu einer Weisheit, die ihn schließlich der Wind und das Wasser, die Sonne und der Sand für einen kaum vorstellbaren Moment spüren ließen. Endlos schien er so gewandert zu sein, aber nachdem er seinen letzten Schritt gegangen war, wusste er, was er zu tun hatte.

Als der junge Mann von dem Strand zurückkam, sah er hinter den Dünen das alte Fischerdorf. Nun bemerkte er auch das Schild, auf dem der Name des Ortes stand. *Paternoster*.

Kapitel 1

Über mehrere Kilometer erstreckte sich der Strand. Er war unberührt. Wie gemacht für diese Prüfung. Als läge er schon Jahrtausende so da und wartete nur darauf, dass jemand sich dem Wagnis stellen würde. Die beiden Fischerjungen waren schon lange unterwegs gewesen, ohne dass sich etwas ereignet hatte. Die Sonne brannte unbarmherzig. Das Meer war so flach wie ein Spiegel. Es war keine lebende Seele zu sehen.

Die Jungen wussten, dass es verboten war, ohne Einweihung diesen Abschnitt der Küste zu betreten. Cah hatte seinen Bruder dazu angestiftet. Er war immer ein Rebell gewesen, den nichts zurückhalten konnte. Leicht hatte er so den eher schüchternen

Rhu überzeugt, ihn bei dieser verbotenen Tat zu begleiten. Aber es war nicht nur die Gefahr, die Cah reizte. Ihn trieb auch große Neugierde an. Denn im Dorf gab es Gerüchte, dass an diesem Strand etwas verborgen war. Etwas, zu dem die Welt einem gewöhnlich keinen Zugang bot.

Rhu, der Jüngere der beiden, fiel immer wieder zurück. Er hatte Angst und wollte nicht mehr weitergehen. Aber Cah ließ nicht locker. „Komm schon, es gibt nichts, wovor du dich fürchten musst", sagte er. „Außerdem, was könnte uns hier draußen schon passieren?" Während sie so gingen, suchten die beiden Jungen den Strand nach Lebenszeichen ab. Aber es gab keine. Nicht einmal ein Seevogel war in Sicht. Das einzige Geräusch, das sie hören konnten, kam von ihren eigenen Schritten im Sand.

Doch plötzlich war Cah stehengeblieben. Er zeigte auf etwas in der Ferne. „Siehst du das auch?", fragte er seinen Bruder. „Es sieht so aus, als ob da drüben jemand liegt." Er lief los und seinem Bruder blieb nichts anderes übrig, als ihm zu folgen. Ruh fürchtete sich vor dem, was Cah entdeckt hatte. Aber noch unheimlicher war ihm bei dem Gedanken zumute, alleine an diesem Ort zurückzubleiben.

So liefen sie zu der Gestalt. Schon von Weitem sahen sie, dass es ein Mann war. Er lag auf dem Rücken und starrte mit einem Ausdruck friedlicher Verwunderung in den Himmel. „Was sollen wir tun?", fragte Rhu. „Im Dorf haben sie uns immer davor gewarnt, diesen Bereich des Strandes ohne Erlaubnis zu betreten." Aber Cah ließ seinem Bruder keine Zeit zum Nachdenken. Er packte ihn einfach und zog ihn mit. Gemeinsam kamen sie näher und näher, bis sie schließlich fast neben ihm standen. Als der Mann die beiden Brüder bemerkte, sah er sie erstaunt an. Cah war der erste, der seinen Mut zusammen nahm und den Fremden ansprach: „Wer seid Ihr?" Bei der Frage trat ein seltsamer Ausdruck auf das Gesicht des Mannes. Rhu meinte, einen stillen Schmerz zu spüren, den der Mann in diesem Augenblick durchlitt. Dann wechselte seine Mimik und er schaute Cah gefasst in die Augen. Der Unbekannte ließ einen Moment verstreichen, als wartete er noch vergeblich auf irgendeine Reaktion. Aber als diese ausblieb, antwortete er schließlich: „Ich weiß es nicht." Bei dieser Antwort wirkte der Mann jedoch eher niedergeschlagen als verwirrt.

Die beiden Brüder sahen sich an. Sie wussten nicht, was sie tun sollten. Der Mann am Strand setzte sich langsam auf und blickte sich um. „Erzählt mir, wo ich hier bin", sagte er schließlich, als hoffte er, damit irgendeine Erinnerung hervorzurufen. Cah schaute wieder zu Rhu. „Ihr seid an einem Strand ganz in der Nähe unseres Fischerdorfes", antwortete Cah und fragte: „Aber wie seid Ihr hierhergekommen?" Rhu beobachtete, wie der Mann nach einer Antwort suchte. Vor seinen Augen schien seine gesamte Lebensgeschichte abzulaufen. Wollte er sie nicht erzählen oder konnte er sich tatsächlich nicht an sie erinnern? Den jüngeren Bruder beschlich der Hauch eines Zweifels, den er sich aber nicht erklären konnte. Hatte der Fremde wirklich sein Gedächtnis verloren? Dann aber sagte der Mann müde: „Auch das weiß ich nicht."

Die Person am Strand war für die beiden jungen Brüder ein Rätsel. Sie konnten sich weder erklären, woher dieser Mensch kam, noch wussten sie, wer er war. Alles, was sie bemerkten, war, dass ihn etwas zu quälen schien. Als ob er nach etwas suchte, das er verloren hatte. „Bringt mich in euer Dorf", bat er die Jungen schließlich. „Vielleicht kommen die Erinnerungen dort zurück."

Rhu und Cah schauten sich unsicher an. Sie fragten sich, wie sie diese Bemerkung des Mannes verstehen sollten, den doch noch niemand in ihrem Fischerdorf je gesehen haben konnte. Vor allem aber fürchteten sie die Strafe, die sie erwartete, wenn sie von dem Ort erzählten, an dem sie diese seltsame Gestalt gefunden hatten. Denn der Strand von Paternoster war heilig und sie hätten ihn nicht betreten dürfen. Aber ihr Fund ließ ihnen keine Wahl. So führten sie den Mann schließlich in ihr Fischerdorf und hatten doch keine Ahnung, wen sie da mit sich nach Hause brachten.

Über das Buch

Tauchen Sie ein in eine Welt voller Inspiration!

Die Tänzerin im Mondlicht: Geschichten für mehr Geduld, Hingabe und Zufriedenheit im Leben öffnet Ihnen die Tür zu einer magischen Reise, die Ihr Herz erfüllen und Ihnen neue Perspektiven auf das Leben eröffnen wird.

Jede Geschichte in diesem Buch birgt ihren eigenen Zauber und ihre eigene Weisheit, die darauf wartet, von Ihnen entdeckt zu werden. Begleiten Sie mutige Charaktere durch mystische Landschaften und emotionale Abenteuer - von der Kraft der Vergebung und dem Reichtum der Selbstlosigkeit bis hin zur Schönheit der

Hingabe und der Stille, die inneren Frieden bringt. Es sind Geschichten, die Ihr Herz berühren und Ihre Seele zum Schwingen bringen.

Lassen Sie sich von „Die Tänzerin im Mondlicht“ verzaubern und entdecken Sie die unendlichen Wege zu Geduld, Hingabe und innerer Zufriedenheit, die das Leben bereichern.

Entfesseln Sie mit diesem Buch die Magie in Ihrem Herzen!

Über den Autor

Nestor T. Kolee entdeckte seine Liebe zum Schreiben an der Küste eines kleinen Fischerdorfes in Südafrika. Sein Debütroman „Der Junge, der auf einem Esel ritt: Das Leben ist keine Reise“ hat viele tausend Leserinnen und Leser begeistert und ist weltweit in mehr als zehn Sprachen erschienen. Es folgten „Der Junge im Fluss“ bei dtv und „Der Junge, der die Bücher schrieb“.

Kolees Geschichten regen Menschen auf der ganzen Welt zum Nachdenken an und lassen sie ihre eigenen Wünsche und Träume wiederentdecken.

Als Dankeschön an seine treuen Leserinnen und Leser gibt es auf seiner Internetseite eine kostenlose Kurzgeschichte.

www.nestorkolee.com

Printed by Amazon Italia Logistica S.r.l.
Torrazza Piemonte (TO), Italy

52470504R00076